안녕! 폐쇄병동은 처음이지?

어느 청소년 조울증 환자의 울고 웃었던
폐쇄병동 56일의 기록

안녕! 폐쇄병동은 처음이지?

초판 1쇄 인쇄일 2020년 10월 12일
초판 1쇄 발행일 2020년 10월 19일

지은이 다올
펴낸곳 도서출판 유심
펴낸이 구정남·이헌건
마케팅 최진태

주소 서울 은평구 통일로 684 서울혁신파크 미래청 1동 303B(녹번동)
전화 02.832.9395
팩스 02.6007.1725
URL www.bookusim.co.kr
등록 제2017-000077호(2014.7.8)

ISBN 979-11-87132-46-2 03810
값 14,000원

안녕!
폐쇄병동은
처음이지?

어느 청소년 조울증 환자의 울고 웃었던
폐쇄병동 56일의 기록

글 **다올**
그림 다올 아빠

도서출판 유심

나는 양극성 장애 2형^(조울증) 환자다.

고등학교 3학년 4월 19일 금요일. 사설 모의고사를 볼 때였다. 5월 초에 실시되는 내신시험 기간이기도 했는데, 전날 계획한 공부를 다 하지 못해 아침부터 기분이 안 좋았다. 시험이 시작되고, 1교시 국어 영역의 시험지 1쪽을 펼쳤다. 사설 모의고사는 수능 연계교재^(수능 특강, 수능 완성 등)에 나온 지문을 인용하는 경우가 많다. 수능을 앞둔 수험생이기에 시간상 교과서보다는 수능 연계교재로 수업을 하는 경우가 많기 때문이다. 내신시험 범위도 수능 연계교재에 나온 지문이다.

국어 영역 1쪽에 공부하지 못한 지문이 나왔다. 그 지문을 보는 순간 눈물이 고였다. 우리는 감독 선생님이 시험지만 배부하고 나가시기 때문에 밖으로 나가고 들어오는 게 자유로웠다(사설 모의고사일 때만). 눈물을 닦으려고 화장실로 갔다. 여기서부터 시작이었다. 숨을 못 쉬고 손이 떨렸다. 화장실에 앉아서 '무섭다', '두렵다', '불안하다.'를 무의식적으로 내뱉고 발을 동동 구르며 울었다. 숨을 헥헥거리고 손이 계속 떨렸다. 내 스스로 화장실 문을 잠갔는데도 마치 갇혀 있는 듯 무서운 느낌이 들었다.

한 시간 정도 울었을까?

답안지에 마킹이라도 해야 할 것 같아 용기를 내 복도로 나갔다. 열심히 문제를 푸는 친구들의 모습이 창문 너머로 보였다. 그 모습을 보고 또 눈물이 났다. 시험 보는 친구들에게 방해가 될까 봐 손으로 입을 막은 채 10여 분 정도 울었다.

볼일을 보려고 나왔던 친구가 내 모습을 보고 담임선생님께 가라고 권했다. 비틀비틀 담임선생님에게 간 나는 손을 떨면서 1교시 시험을 안 본 것으로 하면 안 되냐고 여쭈었다. 담임선생님은 나를 교무실 옆에 있는 빈 교실로 데려가 무슨 일이 있었는지 물어보셨다. 자초지종을 말씀드렸다. 시험은 안 본 것으로 해도 된다고 말씀하신 선생님은 3학년 때도 나를 만나 기쁘다고 위로해주시면서 꼭 안아주셨다.

조금 진정이 된 뒤 선생님은 나를 교실로 들여보내셨다. 시험지를 닫고 끝날 때까지 교실에 멍하니 앉아 있었다. 쉬는 시간이 되자 참았던 눈물이 쏟아졌다. 그렇게 하루를 거의 울면서 보냈다.

누군가에게 털어놓고 싶었다. 혼자 해결하려니 외로웠다. 엄마에게는 걱정하실까 말씀드릴 수 없었고, 아빠는 솔직히 큰 도움을 받을 수 있을 것 같지 않았다. 이제 딱 한 명 남았다. 오빠. 밤 12시경에 오빠에게 털어놓았다. 한 시간 정도 이야기를 나눈 뒤 오빠는 "할 수 있는 만큼만 해. 지금도 잘하고 있으니까 자신감을 가져"라며 위로의 말을 해주었다.

주말이 지나고 월요일이 되었다. 1교시는 자습시간. 종이 울리고 친구들은 자리에 앉아 공부하기 시작했다. 그 순간 누군가 위에서 누르는 듯한 느낌을 받았다. 숨을 못 쉴 것 같았고, 눈에는 계속 눈물이 고였다. 한번 버텨보자 싶어서 꼿꼿이 자리에 앉아 수업 시간 50분을 버텼다. 종이 울리자마자 화장실로 달려가 숨을 헐떡였다. 짝꿍이 따라와 물을 마시러 가자고 권했다. 비틀거리며 가서 물을 마셨다.

2교시가 되었다. 공교롭게 2교시도 자습. 도저히 교실에서는 공부를 할 수 없을 것 같아 담당 선생님께 양해를 구하고 나 혼자 다른 곳에 가서 공부하려고 교과서를 챙겼다. 하지만 책상에 앉자마자 울기 시작했다. 담당 선생님이 위로해주고 휴지와 물을 가져다주셨지만 쉽게 진정되지 않았다. 그렇게 또 50분을 또 보냈다. 8교시와 9교시에도 울었다.

월요일은 사회 학원을 가는 날이다. 당시 나는 꽤 공부에 열성적이어서 국·영·수·사 학원을 모두 다녔다.

사회 학원은 밤 10시에 시작해 12시에 끝난다. 그야말로 '빡센' 스케줄. 집에 들어가면 모두 자고 있고, 나는 혼자 씻고 1시가 넘어서야 잠자리에 든다. 그런데 그날은 달랐다. 집에 불이 켜져 있었다. 엄마도 깨어있었다. 내가 들어가니 엄마가 잠깐 얘기를 하자고 하셨다. 나는 직감적으로 오빠가 엄마에게 말씀드렸다는 것을 알았다. 엄마는 "힘들었으면 이야기를 하지"라며 진심 어린 걱정의 눈으로 말을 건네셨다. 그 말에 울음보가 터져 그동안의 일을 다 털어놓았다. 한 시간 반 동안 오열을 했다. 엄마는 당장 가정의학과 병원에 가서 신경안정제를 받아와 먹자고 제안했고, 나도 받아들였다.

다음 날, 병원에서 약을 받아 먹었다. 하지만 병원에서 또 울음보가 터져 오전 수업을 못 들어갈 정도로 오열을 했다. 보건실에서 세 시간 넘게 울면서 진이 다 빠졌지만, 그래도 조금은 후련한 느낌도 있었던 것 같다.

한번은 자해가 너무 하고 싶었다. 자해는 2학년 1학기 때 시작했지만, 그처럼 간절했던 건 처음이었다. 네이버 지식인에 내 이야기를 올리기까지 했다. 다음 날 학교에서 커터칼로 허벅지 왼쪽에 가로로 5개, 오른쪽에 가로로 2개, 세로로 길게 1개를 그었다. 그 뒤로도 거의 매일 학교에서 울었다. 지금 생각하면 근 40여 일을 울었던 것 같다.

처음으로 정신과 병원(개인병원)에 간 것은 5월 후반이 되어서였다. 그

전날 밤, 처음으로 불면증이 있었다. 학교만 가면 울기 때문에 엄마는 집에서 TV도 보고, 휴대폰도 하면서 자유롭게 쉴 수 있도록 해주셨다. 하지만 그날은 드라마를 봐도 집중이 되지 않고 무슨 내용인지 이해되지 않았다. 내일이 오는 걸 두려워하다 새벽 3시 반 정도가 되어서야 잠이 들었다가 4시 17분경에 깨어났다. 그리고 5시경에 또 일어났다. 엄마가 "많이 힘들어" 하고 물어보셨다.

엄마는 내가 이 지경이 될 때까지 가족들은 무엇을 했냐며 아빠와 오빠를 추궁했고, 일을 그만두고 나를 돌볼 테니 아빠 혼자 돈을 벌어오라며 화를 내셨다. 집을 팔라는 말까지 나왔다. 그때 처음으로 '태어나지 말걸' 하는 생각이 들었다. 등교할 때도, 위클래스에 있을 때도 그 생각이 계속되어 거의 다섯 시간을 연달아 운 것 같다. 단순히 울기만 한 게 아니라 책상에 계속 머리를 박았다. 옆에 있던 플라스틱 통을 깨뜨려서 손목을 그을까 하는 생각도 했다.

나는 무서웠다. 내가 나를 해치는 상황이. 그래서 그날 위클래스 선생님과 함께 개인 정신과 병원에 갔다. 단순한 검사를 두 개 했다. 하나는 우울증 수치, 또 다른 하나는 불안증 수치였다. 18점 이상이면 우울증과 불안증인데, 우울증은 21점, 불안증은 18점이 나왔다. 다행히 초기였다. 원래 정신과에서는 환자에게 맞는 약을 찾는 데 2~3주 정도 걸린다고 한다. 나도 2주 정도 지나서야 내게 맞는 약을 찾았다.

그 이전까지는 거의 죽음이었다. 몸에 힘이 하나도 없어 밥도 거의 못 먹었다. 하루 한 시간 이상은 꼭 울었는데, 대부분 이유가 없었다. 잘 걷지도 못했다. 웃는 걸 멈춘 지도 꽤 오래되었고 말수도 현저하게 줄어들었다. 미래가 어둡고 희망이 없어 보였으며 사는 것에 회의감이 들었다. 왠지 모를 죄책감에 시달렸고 벌을 받는 것 같았다.

다행히 나에게 맞는 약을 찾은 뒤에는 활력을 많이 되찾았다. 물론, 잘 웃지 않고 기분이 계속 가라앉기는 했지만 그래도 여행을 할 정도로 상태가 호전되었다. 여행도 그럭저럭 잘 마쳤다. 하지만 두 번째 고비가 또 닥쳤다. 비행기 안에서의 공황이었다. 비행기 좌석이 복도 쪽이라 낯선 사람과 가까이 앉게 되었는데, 그게 무서웠다. 창가 쪽에 앉은 탑승객에게 양해를 구하고 엄마 옆의 창문 쪽으로 앉았는데도 답답하고 숨을 못 쉬었다. 엄마와 함께 심호흡을 하며 버텼다. 50분도 채 안 되는 시간이 몇 시간이나 되는 것처럼 느껴졌다.

세 번째 고비는 바로 다음 날(화요일)에 찾아왔다. 학교에 얼굴만 비추고 왔는데, 기분이 너무 안 좋았다. 가라앉는 것은 기본이고 '그냥 이렇게 살 바에야 죽는 게 낫겠다'라는 생각이 들었다. 물론 죽고 싶다는 생각은 전에도 많이 들었었다. 저녁에 가족들과 산책을 하다가 차에 치이고 싶어서 일부러 차도 쪽으로 걷기도 했다. 그러면서도 내가 진짜로 죽어버릴까 봐 겁이 났다.

이날 나는 처음으로 OO병원 응급실에 가게 되었다. 응급실에서 여러 가지 질문에 답하면서 오랜 시간을 기다렸는데, 폐쇄병동^{(의사}들은 보호병동이라 부른다)에 입원하자는 이야기가 나왔다. 하지만 엄마와 나는 그 당시 폐쇄병동에 대한 편견을 가지고 있었기 때문에 완강히 거부했다. 대신, 엄마의 눈물 어린 간곡한 부탁으로 예약하기 힘든 외래 진료로 예약을 잡았다.

목요일에 담당 교수님을 만났다. 여러 가지 진료 전 검사를 했다. 교수님은 회의에서 내 이야기를 들었다며 내가 얼마나 고통스러웠을지, 그리고 엄마는 얼마나 혼란스러우셨을지 공감해주셨다. 그러면서 폐쇄병동 입원을 권유하셨다. 엄마도 고통스러워하는 나에게 해줄 수 있는 게 없어 힘드셨고, 나 역시 너무나 고통스러웠기에 어쩔 수 없이 폐쇄병동에 입원하기로 결정했다. 그 결정을 하기까지 엄마와 내가 얼마나 많은 눈물을 흘렸는지 모르겠다.

이 책은 내가 폐쇄병동^(보호병동)에 입원한 후 하루하루를 어떻게 보냈는지 쓴 일기를 옮겨 적은 것이다. 나를 응원해주었던 모든 분께 감사드린다. 당시의 감정을 왜곡하고 싶지 않아 사소한 오류만 수정하고 나머지는 일기장의 내용과 거의 동일하게 옮겨 적었다. 서투른 글솜씨가 읽기 불편하게 느껴지더라도 양해 바란다. 날짜는 하루 정도 오류가 있다. 날짜에 큰 의미를 부여하지 말고 내용에만 집중해주면 좋겠다.

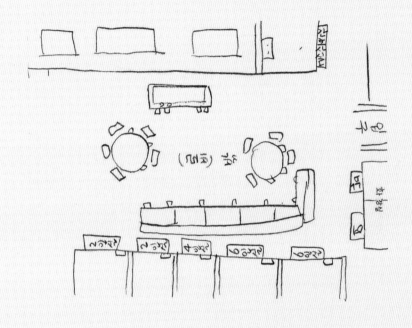

내가 입원해 있던 폐쇄병동 병실 모습

이해를 돕기 위해, 등장인물들을 미리 소개한다. 한번 읽고 넘어가면 내용을 훨씬 수월하게 이해할 수 있을 것이다.

환자

여자: 주현 언니, 지연 언니, 다현이 이모, 서현이 이모, 하윤, 지아, 민지, 유진이, 채원이 언니, 윤서 이모, 다은이 이모, 지현, 혜인 언니

남자: 성훈, 준이, 민준이, 도윤이 삼촌, 지훈, 승민이

의료진

여자: 수간호사 쌤, 현정 쌤(간호사), 하린 쌤(간호사)

남자: 정우 쌤(간호사), 민성 쌤(보호사), 서준 쌤(보호사), 성민 쌤(보호사)

의사

여자: 강새론 교수님

남자: 나민수 쌤(내 주치의), 재호 쌤, 지훈 쌤

그 외: 미혜(친구), 민서(친구, 가명), 고은서(친구), 현가은(초등학교 5학년 때부터 같은 학원을 다닌 친구, 가명), 지혜와 한솔이(친구), 소연이(친구, 가명), 서영이(친구, 가명), 담임선생님, K 선생님, 애순이 이모, 민옥이 이모, 양지혁 선생님(실습생 선생님, 가명)

일러두기

* 환자와 의료진, 선생님과 의사들은 모두 가명으로 처리했다. 그 외의 분들은 '가명'이라 표기된 인물들만 가명이다.

목차

제 1 장

2019년 6월 셋째 주
폐쇄병동 입원

6월 20일 목요일

▷ 아침: 굉장히 괴로웠음. 앞으로 늘 이래야 한다면 죽고 싶었음.

▷ 오늘 몸 상태: 지금 좀 우울하다. 생각보다 폐쇄병동은 자유롭고 편안한 곳이다. 먼저 들어와 있던 친구들이 나를 반겨주어 타인에 대한 두려움은 덜한 편이다.

▷ 내 별명은 다람쥐다. 열네 살짜리 귀여운 준이가 지어줬다. 준이가 계속 내 옆에 있어줘서 외롭거나 우울할 틈이 없었다. 준이 덕에 시설 구조도 익숙해지고 활짝 웃을 수 있었다. 하지만 여전히 슬프고 불안하다.

▷ 처음에 극도로 초조하고 불안해서 안정제를 맞고 한숨 잤는데,

그 뒤로는 먼저 입원해 있던 친구들이 다가와 줘서 고마웠다. 준이는 나를 지켜주었다. 지금 순긴 왠지 모를 울컥함이 있다. 우울이 또 시작되려나 보다. 그래도 오늘 또래들과 많이 친해져서 다행이다.

6월 21일 금요일

▷ 아침에 깊은 우울감에 빠져 울었다. 남자 간호사 쌤이 오셔서 달래주기도 하고 여러 이야기도 해주셨지만 쉽게 풀리지는 않았다.

▷ 그 전 새벽에는 불안했다. 심장이 뛰고 몸을 어떻게 해야 할지 몰랐다. 그러다가 숨이 막히기도 했다. 약을 달라고 해서 먹고 졸고 있는데, 준이가 나를 깨우러 왔다. 아침을 먹고 양치하고 나서 준이와 민철이와 이야기를 나누었다.

"오늘부터 스쿨링 할 거야, 난." "그게 뭔데?" "공부하거나 그림 그리거나 책 읽는 거." "누나도 할래?" "난 그냥 방에서 책 읽을래."

▷ 또 깊은 우울감에 빠졌다가 이제 조금 정신이 난다. 좀 전에 교수

님과 불안의 원인으로 '엄마'에 대한 이야기를 했는데, 너무 숨이 막혀서 끝나자마자 침대에 누워 심호흡을 좀 하다가 손톱과 이빨로 자해를 했다. 오른쪽 가운뎃손가락은 살갗이 벗겨졌다. 피는 안 난다. 간호사 쌤이 우울증 약을 주고 불을 켜고 가시면서 "자는 것 말고 다른 걸 해"라고 하셨다. 이제 책을 좀 읽으려고 한다.

▷ 프로그램을 한다고 했다. 썩 내키지는 않았지만 그렇게 싫은 것만은 아니라서 참여하기로 했다. 모르는 사람과 팀을 하라고 하니 또 숨이 막혀왔다. '확' 책상을 다 엎어버리고 싶을 만큼 불안했다. 간호사 쌤께 말씀드리고 일어서니 옆에 있던 의과대학 실습생이 "어머, 뭐 하세요?"라고 물었다. '어쩌라고! 내가 죽겠는데. 폐쇄병동이 아닌 일반 병동이었으면 이렇게 안 물어봤겠지.' 기분이 안 좋았다. 하지만 욕도 못하고 혼자 화장실에서 바보같이 또 자해하며 울었다. 자해 소식이 주치의 선생님 귀에까지 들어갔나 보다. 나는 그대로 안전방에 가서 안정을 취했다.

▷ 오늘은 참 좋은 간호사 쌤들을 많이 만났다. 그 누구와도 속 깊은 이야기를 나눌 수 있을 것 같다. 오전에 난리를 치고 나니 지친다.

▷ 약을 먹어서 그런지 오후에는 훨씬 편해졌다. 준이와 탁구도 치고 점심도 먹고 주현이 언니랑 대화도 하고 혼자 예술의 혼을 불태우며 피아노도 쳤다. 탁구채를 든 채 주치의 선생님을 보고 웃으니 선생님도

나를 보고 웃어주셨다.

▷ 아까 자해로 벗겨진 살갗이 따끔거린다. 밴드나 연고를 바르기엔
상처가 너무 작아서 그냥 내버려두려고 한다.

6월 22일 토요일

▷ 저녁 8시부터 잠을 잤더니 새벽 1시 48분에 잠에서 깨어났다. 누군가 날 죽이려는 꿈을 꾸고(어떤 남자 무리가 "다올을 죽이자"라고 말했다), 곧이어 머리맡에서 누군가 수군대는 환청이 들렸다. "쟤가 다올이야"라고 하는 듯한 느낌이었다. 무슨 증상인지 아니면 그냥 개꿈인지 모르겠지만 얘기는 해봐야겠다.

▷ 지금은 5시 37분이다. 심장이 조금 빨리 뛰는 것 말고는 큰 증상이 없으니 어제처럼 새벽에 약을 미리 먹는 일은 없을 것 같다. 본래 2인실이지만 아직은 혼자 쓰고 있는 병실이라 내 마음대로 할 수 있어서 좋다. 맘대로 불을 켜고 맘대로 방귀도 뀌고^^ 이젠 책을 좀 읽어야겠다.

▷ 준이가 내 방 앞에 있는 자전거 모양(?)의 운동 기구를 탄다. 나

를 찾는 거나 다름없다. 이런저런 얘기를 나누다가 준이는 "여기는 군대랑 다를 거 없어. 어린이용 군대"라고 했다. 오늘 군대 일정을 수행하러 가야겠다.

▷ 아침이 되면 늘 긴장을 한다. 아침밥을 먹을 때가 아니더라도 수시로 긴장을 한다. 긴장이 끝나면 피로와 약간의 우울이 찾아온다. 개인병원과 OO병원에 들어오기 전에 한 번 진료를 갔던 △△병원에서는 공황장애, 불안장애, 우울증으로 진단했는데, 그렇다고 하기에 우울은 덜한 것 같다.

▷ 어제 자해 때문에 살갗이 벗겨진 상처에 엷은 분홍색 딱지가 생기고 있다. 상처가 낫고 있다는 증거다. 왜 마음은 이렇게 금방 낫지를 못하는 걸까.

▷ 민철이라는 열한 살짜리 꼬마애가 있다. 먹보면서 잠꾸러기다. 아침식사 시간에 어떤 할아버지께서 "민철아, 자" 하며 반찬을 덜어주셨다. 민철이는 "오, 아싸"라며 신나게 받아먹는다. 간식도 매일 세 개씩 시켜 먹는다. (폐쇄병동이라 산책이나 면회, 외출, 외박을 제외한 모든 활동은 병동 안으로 제한된다. 간식은 아침을 먹은 뒤 보호사 선생님들이 주문을 받아 오후 3시 정도에 가져다 준다.) 요플레, 과자 그리고 또 과자. 동생이 없는 나에겐 작고 통통한 민철이가 귀엽기만 하다.

어제 민철이가 준이랑 훌라후프 게임을 하다가 울었다. 자세한 건 쓰기 귀찮지만, 내가 보기엔 준이가 잘못했다. 안타까운 건 아무도 다가와서 손을 잡아주거나 달래주지 않고 멀리서 말만 건네는 것이다.

> "민철아, 왜?"
>
> "……."
>
> "얘기해주기 싫어?"
>
> "…아니오."
>
> "혼자 있을래?"
>
> "…아니오."

아직 어린아이인데 왜 부모와 떨어져 여기에 와 있을까 안쓰럽다. 나라도 잘 돌봐주려고 한다. 민철이는 나를 잘 따라주고 간식을 나눠주기도 한다. 오늘은 내가 사줬다.

▷ 방금 주치의 선생님과 다른 선생님이 나를 보러 왔다. 회진이다. 예고도 없이 낯선 사람과 만나게 되어서 숨이 막혔다. 울었다. 방에 와서 일기를 쓰는 지금도 여전히 그 순간이 두렵다. 대인기피증이라는 진단을 받은 적은 없는데, 낯선 사람 특히 어른을 만나게 되면 종종 이럴 때가 있다. 예고도 없이 다른 사람이랑 같이 온 주치의 선생님이 원망스럽기까지 했다. 그 여운이 가시지 않아 화장실에서도 큰 소리로 울고 있었

는데 주치의 선생님과 여자 간호사 선생님들이 나를 찾아와서 안전방으로 데리고 갔다. 주치의 선생님은 미안하다고 사과하며 앞으로 자신이 어디에 있을지 일정과 함께 얘기하고, 다음 주 월요일에는 더 많은 의료진이 함께 회진을 할 거라고 예고해주셨다.

안전방에서 어제와 같은 방식으로 자해를 했다. 간호사 쌤이 소독하고 밴드를 붙여주셨다. 밖에서는 노래방을 시작했다. 노래는 조금밖에 부르지 않았다. 오랜만에 부르는 것이라서 조금 신이 났지만 이내 곧 우울해졌다. 그냥 울고 싶어져서 침대에 누웠다가 점심을 먹으러 갔다.

▷ 새로운 환자가 왔다. 멀리서 봐도 우울증 환자였다. 민서(우울증 때문에 작년에 이곳에 두 번 입원했던 내 친구)와 생김새도 비슷해 마음이 가고 옆에 있고 싶었다. 점심을 먹고 준이와 별말 안 하고 있는데 그 언니가 우리 쪽으로 왔다. 내가 먼저 인사를 했다.

"안녕하세요?"
"…안녕하세요, 혹시 몇 살이세요?"
"열아홉 살이에요."
"저는 스물두 살이에요."

나는 조심스레 병명을 여쭤보았다. 역시 우울증이었다. 언니의 이름은 김해은, 가정사가 가관이다. 쉽게 말해 가정폭력, 성폭력을 모두 아버지께 당한 것이다. 살아있는 게 대단하다. 지금까지 잘 견뎠으며, 여기에서 우울증을 이겨낼 수 있을 거라고 얘기해줬다.

▷ 승민이(열아홉 살)의 일화도 알게 되었다. PTSD(외상 후 스트레스 장애)를 겪는 환자다. 아홉 살 때 성폭행을 당하고 나서 한동안 발작을 일으키고 말도 잃었었다고 한다. 여덟 번을 정신과 병동에 드나들면서 나아졌다. 지금은 성폭행을 "그냥 재수 없는 일"이라고 칭할 경지에 이르렀다고 한다.

이들의 이야기를 들으며 "나는 그래도 행운아구나"라는 생각이 들었다. 아직 나를 많이 사랑하는 가족이 있고 나를 지지해주는 수많은 사람이 있다는 사실이 어쩌면 매우 감사한 일이었다. 그래도 내 기분은 크게 달라지지 않고 늘 우울하고 불안하다. (지금 생각하면 '불행'에까지 등수를 매기고 있는 나 자신이 한심하게 느껴지기도 한다.)

▷ 내가 입었던 속옷을 넣어두는 사물함을 준이가 뒤졌다. 준이는 미안해하지만 화가 난다. 준이는 참 야비한 아이이기도 하다. 속옷을 보고 난 후에 자꾸만 다시 내 방에 쳐들어오겠다며 협박한다. 감당이 되지 않는다. 어쩌면 이번 기회에 중학교 교사가 되고자 하는 나를 되돌아볼 수도 있을 것 같다.

▷ 오후 4시 42분. 부모님과 통화를 했다. 그 전에 간호사님과 진지한 이야기를 나누고 상처에 후시딘을 발랐다. 부모님께 내가 보낸 하루를 이야기했다. 부모님과 전화를 할 때면 항상 운다. 그래서 전화 횟수를 줄여볼까 한다. 울면 나 자신이 너무 힘드니까. 해은이 언니는 자고 있다. 잘 때가 그나마 제일 행복할 것 같아 일부러 깨우지는 않는다. 저녁식사 때 깨워야겠다.

▷ 밤 9시가 지났다. 누가 날 죽일 것 같다. 불안하고 무섭다.

6월 23일 일요일

▷ 오늘도 누군가 나를 죽이려고 하는 꿈을 꿨다. 어제는 밤 10시에 잠이 들어 새벽 1시 32분에 일어났다. 그 뒤로 길게는 한 시간, 짧게는 20~30분마다 깨어났다. 새벽 3시까지 다섯 번을 깨고 나서 그냥 방의 불을 켰다. 간호사님이 어떻게 알고서는 로비에 조금 나가 있어 보라고 하셨다. 나는 약을 줄 수 있냐고 물었고, 처방받은 약을 먹었다. 4시 10분, 5시 2분, 5시 53분에 깨어났다. 누군가 날 죽일 듯한 불안감 때문에 자는 게 두려웠다.

▷ 아침에 혈압과 열을 측정했다. 혈압은 늘 정상이라고 한다. 그러면 왜 어지러움과 빈혈이 있는지 이해도 안 되고 엄살 부리는 것 같아 말도 못 꺼내겠다. 생각해보니 어제 잠깐 잠들었을 때 성폭행을 당하는 꿈도 꿨다. 하지만 민망해서 쌤들에게 얘기는 못하겠다.

▷ 방금 국어선생님과 통화하고 나서 20~30분 정도 울고 나왔다. 지금 밖에서는 승민이가 신나게 노래를 부르고 있다. 나는 누군가에 의해 한없이 끌어내려지고 있다.

▷ 잠깐 승민이 얘기를 더 하자면, 승민이는 쉽게 말해 게이다. 오늘 나에게 얘기해주었다. 학교 수업이나 영화를 통해 많이 접해서 크게 놀랍지는 않았다. 그냥 전 남자친구와 왜 헤어졌는지 물어보는 형식적인 대화만 오고 갔다.

▷ 오늘 내 룸메이트로 새로운 언니가 왔다(이름은 강채원이다). 처음에는 낯선 사람과의 만남이라 너무 긴장되고 불안했다. 불안해서 숨도 못 쉬고 어지러웠다. 화장실로 뛰어가 문에 기대어 앉아서 숨을 제대로 쉬려고 노력했다. 그러다 잠깐 정신이 나가서 손톱으로 손등을 긁었다. 울기도 했다. 오늘도 어김없이 안전방 행이다. 주치의 선생님이 오셨는데, 너무 어지러워서 대답도 잘 못한 것 같다. 숨을 쉬기가 너무 힘들었다. 감당이 되지 않아서 살갗이 벗겨지도록 오른손 손톱으로 손가락을 긁었다. 칼도 없고 머리를 박을 아픈 벽도 없는 병동에서 내가 찾은 새로운 자해 방법이다. 긁을 때보다 시간이 지나서 물에 닿을 때가 더 아픈데, 그 느낌이 마냥 나쁘지는 않다. 이럴 때면 내가 꼭 사이코패스가 된 것만 같다.

▷ 안전방에서 약을 먹고도 쉽게 진정이 되지 않았다. 낯선, 새로운 사람과 방을 함께 써야 한다는 게 너무 무서워서 계속 울었다. 저녁도 억지로 꾸역꾸역 먹고 겨우 마음을 진정시켰다. 여전히 새로운 언니가 무서웠다. 언니가 방에 없을 때 샤워 도구를 얼른 챙겨서 나와 샤워를 하고 언니 눈을 계속 피했다. 한참 동안 밖^(로비)에서 티비를 보다 보니 마음이 많이 진정되었고, 드디어 언니한테 말도 붙일 수 있게 되었다.

"언니, 제가 낯선 사람을 보면 너무 무서워서요…. 절대 언니가 싫어서 울다가 안전방에 간 게 아니에요"라고 얘기하고 오해를 풀었다.

▷ 오늘 내가 힘들 때 준이가 옆에 있어 줬다. 그런 모습을 처음 봐서 새로웠고 고마웠다. 새로 온 채원이 언니에게 말을 걸도록 유도해 주기도 했고, 내가 불안해하는 걸 제일 먼저 눈치챘다. 그런 준이가 오늘 9시 다 되어갈 때쯤 전화를 받다가 그 자리에 털썩 주저앉아 울었다. 어떤 말을 해줘야 할지 몰라 옆에 앉아서 눈물을 닦아주며 "고생했다"라고 말했다. 지금도 무슨 이유인지는 모르지만, 준이의 기분이 좋아 보이지 않는다. 마음이 아프다.

▷ 저녁 9시 40분경이다. 오늘도 자는 게 두렵다. 잠도 오질 않는다. 학교도 안 가면서 월요일은 왜 이리 두려운지 모르겠다. 여러 명의 의료진이 함께 올 회진 때문인가?

제 2 장

2019년 6월 마지막 주
첫 번째 면회

6월 24일 월요일

▷ 지금은 새벽 1시 25분경. 어제도 잠들기가 두려워 소등 시간인 밤 10시 이후에 화장실에서 책을 펼쳤다. 그래도 들킬 것 같아서 침대에 누워 뒤척이다가 겨우 잠이 들었다. 12시쯤에 깨어났고, 그 뒤로 한두 번 더 깨어났다가 지금 또 깨어났다. 오늘 꿈속에서는 다행히 나를 죽이려고 하는 사람이 없었다. 단장 후배가 나한테 학교 동아리 단톡방에 올릴 메시지 내용을 검사받았고, 나는 녀석에게 유쾌한 농담을 던지는 꿈을 꿨다.

▷ 2학년 때 어떻게 동아리 단장을 하며 버텼는지 모르겠다. 선배, 같은 학년, 심지어는 후배들에게도 암묵적인 무시를 받아왔다. 영어를 좋아하지 않았다면 동아리에서 겪은 모든 시련과 치욕을 견딜 수 없었을 것이다.

▷ 여기까지 쓰다가 간호사님께 들켰다. 불을 끈 상태로 썼는데도 본부석(간호사와 의사 사무실)에서는 다 보이나 보다. 이런 걸 보면 여기도 꽤 무서운 곳인 것 같다. 내 사생활이 감시되니 말이다.

▷ 그 뒤로도 계속해서 깨어났다. 새벽 5시쯤 되어 있겠지, 하고 조용히 밖에 나가 시계를 확인하면 2시 20분, 3시 32분쯤밖에 시간이 지나지 않았다. 밤을 샌 건지, 잠을 잔 건지 모르겠는 기나긴 밤이 지나고 지금은 해가 떴다. 이제야 새벽 5시 반쯤 된 듯하다.

▷ 꿈에서 나를 제외한 가족들이 나왔다. 너무 잘 지내고 있었다. 내가 서운할 정도로. 어제 오빠랑 통화를 했는데, 엄마가 성당을 다시 다니기 시작하면서 수요일쯤에 결혼에 대해 몇 가지 질문에 답하는 시간을 가질 것이라고 들었다. 엄마가 결혼하기 전에 성당을 그만두었기 때문에 다시 성당을 나가려면 필요한 것이란다.

나 없이도 즐겁게 지내는 건 정말 다행이지만 한편으로는 서운하기도 하다. 고양이도 키울 것이라고 한다. 내가 아픈 사이에 엄마도 참 많이 변했다. 변하지 않으면 너무 힘드니까 그랬겠지. 한편으로는 이해하면서도 나는 이렇게 너무 힘든데, 나는 혼자서 버티고 있는데 가족들은 서로 의지하며 즐겁게 시간을 보내는 것 같아 좀 서운하다. 이럴 때 보면 나도 참 이기적인 것 같다. 하지만 어제 엄마가 내 전화를 받지 못한 데서 느낀 것 같은 서운함은 어쩔 수 없다.

▷ 아침부터 우울하고 가라앉는 듯한 기분이다. 오늘 하루는 어떻게 버텨야 할까. 오늘 밤은 또 얼마나 길까. 두려운 나날이다. 이제 불을 켜도 된다. 요즘은 책을 읽으며 마음을 진정시키고 있다. 지금도 책을 읽으려고 한다.

▷ 책을 읽다가 문득 떠올랐다. 요즘 가장 괴로운 것은 내 스스로 내 상태에 대한 이해가 부족하기 때문이라는 것이다. 내가 어떤 상황에서 불안하고 우울한지도 모르겠고, 내가 느끼는 불안감과 우울감이 구체적으로 어느 정도인지도 모르겠다. 그래서 혼란스럽다.

▷ 오전 9시경, 월요일 아침마다 하는 전체 회진이 있었다. 이제는 무섭지 않은 새로운 룸메이트 언니와 이런저런 얘기를 하며 책을 읽고 있었다. 강새론 교수님과 주치의 선생님 그리고 다른 주치의 선생님 두세 분이 같이 오셨다. 이번에도 역시 나는 고개를 들지 못했고 숨이 꽉 막혔다. 도대체 왜 이러는지 모르겠다. 내가 어느 정도 불안한지, 어느 정도 숨이 막히는지도 모르겠고, 중간에 느끼는 우울감은 어느 정도이며 내 병명이 무엇인지도 모르겠다. 밤에서 아침까지 잠도 잘 못 자고 우울해지면서 나 자신이 초라하게 느껴진다.

이제는 종종 사람들 눈도 못 쳐다본다. 그런데 약은 하루에 두 알뿐이고 나머지는 내 정신력으로 다 견뎌내야 한다. 주치의 선생님의 판단이라서 믿고 있고, 또 엄살을 부리는 것 같아 말을 못 꺼내겠다. 사실 이

병동에서 나는 극히 양호한 편이다. 나보다 더 많이 아픈 사람들은 괜찮다고 하는데 나만 괜히 징징대는 것 같아 나 자신이 싫다.

▷ 아까 회진 때 내가 쳐다보지도 못해서 오후에 다시 오겠다고 하고 가신 강새론 교수님이 떠올랐다. 내가 괜히 일을 두 번 하게 만든 것 같아 죄송했다. 오후에 오시면 그때는 최선을 다해서 말해봐야지.

▷ 오늘 엄마의 편지가 왔다.

"사랑하는 다올아! 네가 병원에 간 지도 벌써 5일째가 되는구나"로 시작하는 편지를 받자마자 울면서 화장실로 달려갔다. 편지를 읽으면서도, 다 읽고 나서도 몇십 분이나 울었는지 모른다. 나는 '이제야' 5일인데, 엄마는 '벌써' 5일이라니 정말 잘 지내고 있나 보다. 이렇게 예민한 것을 보면 나도 참 속 좁은 사람이다. 병동에 있으면서 나도 몰랐던 내 모습을 자꾸만 알아가게 된다.

▷ 편지를 읽고 걷잡을 수 없는 우울에 사로잡혔다. 화장실에서 내 침실을 두 번 오고 가면서 계속 울었다. 누구든지 좋으니까 껴안고 울고 싶었다. 그래도 엄마한테는 전화를 하기 싫었다. 내가 울면 걱정할 것이 뻔하다는 것이 첫 번째 이유이고, 엄마 목소리를 들으면 내가 더 힘들기 때문이라는 것이 두 번째 이유이다. 그렇다고 시험 기간이라 한창 바쁘실 담임선생님께 전화하는 것도 예의가 아닌 것 같았다. 전화번호도 알

고 있고, 아직 내 상황을 모르고 있기 때문에 모든 것을 털어놓을 수 있는 유일한 사람이 수학학원 선생님이었다. 울면서 통화를 하고 화장실에서 마저 울려고 했는데, 강새론 교수님이 나를 불렀다. "다올아, 화장실 다녀와서 여기로 와~."

▷ 강새론 교수님과의 상담에서 일기장을 보여주며 모든 것을 털어놓았다. 그러고 나서는 침실 화장실에 (공공 화장실과 침실 화장실이 따로 있다) 쭈그리고 앉아 마음을 진정시키고, 언니와 동생들과 놀다 보니 기분이 풀어졌다. 하지만 지금 좀 어지럽다. 아까 씻기 전 간호사님과 상담할 땐 다리에 힘이 풀려 그 자리에 주저앉았다.

▷ 많이 울고 나니 많이 지친다. 이렇게 또 하루가 어찌 지나갔다. 약의 양도 늘렸다. 오늘 밤은 부디⋯.

6월 25일 화요일

▷ 지금은 새벽 5시다. 오늘도 악몽을 꾸었다. 그것도 두 개씩이나. 첫 번째는 동물들이 나를 잡아먹으려 했다. 자세히 말하자면 개가 나를 보고 크게 짖으면서 입을 벌리고 뱀처럼 나를 집어삼키려고 했다. 또 다른 꿈에서는 제물이 되어 가슴이 도려내져야 했고, 칼로 팔에 상처를 입게 되었다. 어제 너무 지치고 졸려서 저녁 8시 40분쯤에 잠이 들어 11시 40분에 깨어났다. 그 뒤로 두어 번 더 깨어났다. 어제보다는 다행히 더 잘 잔 것 같다.

▷ 어쩌면 오늘 산책이 허용될지도 모른다. 주치의 선생님께 허락을 받으면 오늘 아니면 목요일쯤 산책도 가능하고, 다음 주 월요일에는 강새론 교수님이 진행하는 청소년 프로그램에도 참여하게 될지 모른다. 빨리 허용되었으면 좋겠다.

41

▷ 어제 내가 많이 힘들었던 하루에 대해 다시 생각해보았다. 강새론 교수님과 수학학원 선생님께 조금 털어놓고 마음껏 울다 보니 지금은 후련하다. 어제는 많이 감성적이었던 것 같다. 그래서 엄마에 대한 실망이 조금 더 크고 과장되게 느껴졌다. 내가 너무 예민하고 소심해서 말한 마디, 단어 하나에 너무 큰 의미를 부여했던 것 같다. 약도 증량되었으니 지금은 큰 불안도 없고 엄마에 대한 감정도 호의적이다. 어제는 정말 힘이 들었는데 오늘은 아무렇지도 않다. 어제 울었던 것이, 그리고 모든 것을 털어놓은 것이 조금은 창피하기까지 하다. 하지만 어제 그렇게 폭풍우가 휘몰아치지 않았다면 지금도 그 일 때문에 너무 힘들었을 것이다. 또 '창피하다'라는 말은 이미 무의식적으로 남을 의식하고 있다는 뜻이다. 방법이 어찌 되었든 남에게 피해만 안 주면 그만이라는 생각으로 어제의 일은 대충 마무리해야겠다. 안 그러면 창피함 때문에 오늘 하루가 또 괴로울 테니까.

▷ 오늘의 책은 <신경 끄기의 기술>이다. 어제는 아무리 책을 읽고 긍정적인 생각을 해 봐도 도움이 안 되고 감당이 되지 않는 벅찬 현실에 버거웠다. 긍정적인 생각의 모순을 책에서 찾았다. '그런데 이상하게도, 긍정적인 마음으로 최고와 최상을 부르짖다 보면, 우리는 반대되는 것들만을 떠올리게 된다.' 예를 들어 "행복할 수 있어"라는 긍정적인 생각은, 오히려 지금 현재가 행복하지 않다는 것에 초점을 두고 있는 것일 수도 있다는 얘기다. 이를 '역효과 법칙'이라 말한다고 한다.

▷ 아침을 먹고 투약도 마쳤다. 아침 약도 증량되고 바뀌었다. 지금 기분은 조금 우울하다. 아까 엄마가 빨랫거리를 찾아 병동 입구까지 왔다. 문 하나를 건너면 볼 수 있는데, 못 보니까 아쉬웠다. 하지만 우울한 이유는 이것뿐만은 아니다. 그냥 이대로 조금 더 우울해지면 울 수도 있을 것 같다. 그리고 아침 산책은 못할 듯하다.

▷ 오늘 오전 프로그램은 스트레스 관리, 오후 프로그램은 집단 치료다. 어제는 별로 재미가 없었는데 오늘은 조금 기대되는 시간표다. 프로그램을 기다리며 책이나 읽어야겠다. 울적할 때 폐쇄병동에서는 책을 읽거나 울어버리는 것이 차라리 좋다.

▷ 오늘 침실을 옮겼다. 정들고 편했던 2인실에서 4인실로 바뀌었다. 2인실을 쓸 때는 룸메이트인 채원이 언니가 늘 안전방에서 잤기 때문에 1인실과 다름없었다. 하지만 이제부터는 내 마음대로 새벽에 로비로 나와 시계 확인도 못하고, 불을 켜고 책도 못 읽는다. 왜 나한테는 시련만 주는지 모르겠다. 로비와 가까워지면서 나만의 시간도 줄어들 것 같다. 화가 나고 짜증도 난다. 몇 시간 전에는 준이가 또 내 속옷 사물함을 열었다. 정도껏 장난을 쳤으면 좋겠다. 병을 치료하러 왔는데 오히려 짜증만 늘 것 같다. 그냥 울고 싶고 너무 화가 난다.

▷ 집단 치료가 끝났다. 왜 병원으로 들어왔는지에 대한 질문에 잘 대답하지 못했다.

▷ 저녁을 먹었다. 준이가 계속해서 미안하다고 사과한다. 표정도 정말 미안해 보이기는 한다. 호기심에 그랬던 것도 안다. 하지만 이번엔 도를 넘은 장난이었다. 이제는 준이가 꼴보기 싫을 때도 있다. 지금 기분은 계속 처진다. 왠지 모르게 지치고 우울하다. 정말 우울증인가? 차라리 이렇게 병명이라도 정해졌으면 좋겠다.

▷ 샤워를 마쳤다. 준이는 계속해서 나한테 사과를 한다. 아까는 무릎까지 꿇었다. 화가 나기보다는 그냥 쪽팔린다. 준이의 못된 버릇을 고쳐야 할 것 같다. 한두 번이 아니기 때문이다. 사물함을 뒤진 건 두 번이고, 말로 협박도 여러 차례 했다. 준이가 스킨십을 하는 것도 싫다. 준이에게 뭐라고 말을 해야 할지 정리를 좀 해야겠다. 일단 성적인 부분에 대해서는 더 이상 나한테 말하지 말라고 해야겠다. 또, 허락도 없이 침실에 들어와 화장실 문을 열지 말라고도 해야겠다. 이렇게 정리를 하다 보니 화는 더 이상 나지 않는다. 그저 준이의 습관을 고쳐주고 싶다.

▷ 준이와 화해를 했다. 잘한 짓인지 아닌지는 모르겠다.
▷ 민준이와 일일 연속 드라마 '여름아, 부탁해'를 열혈 시청했다. 내용은 막장인데, 그래서 내용이 예측 가능한데도 너무 재밌었다. 내일도 볼 것이다^^ 하다 하다 내가 일일 드라마를 볼 줄이야.

6월 26일 수요일
(입원 일주일이 되는 날!)

▷ 지금은 새벽 5시 5분이다. 오늘은 어제보다 더 잘 잤다. 중간에 한 번 깨어나서 조금 오래 뒤척였지만, 그간의 피로를 없앨 수 있을 만큼 악몽도 꾸지 않고 푹 잘 잔 느낌이다. 그런데 기분은 조금 슬프다. 왜인지는 모르겠지만 마음이 조금 무겁다. 어제 하루 종일 책을 읽어서 <신경 끄기의 기술>이 두 개의 챕터 밖에 남지 않았다. 얼른 읽고 또 다른 책을 골라서 읽든지 해야겠다.

▷ 자치 회의를 마치고 있다. 주제는 '건강한 생활은 무엇인가'였다. 약 잘 먹기, 규칙적인 생활하기, 스트레스 풀기 등의 의견이 나왔다. 건의사항으로 밤과 아침에 '탁구 치는 것을 자제하기'를 내고 싶었으나 참았다. 10분 만에 끝나는 게 회의라니….

▷ 저녁을 먹었다. 오후 활동인 '긍정 심리'^(게임)를 마치고 침실에서 책을 읽고 있는데 주치의 선생님이 나를 부르셨다. 상담실에서 상담을 했다. 정신과 의사들은 정말 세심한 것 같다. 개인병원에서 만난 선생님과 나민수 선생님 모두 내가 지난번에 했던 말을 기억하고 계시기 때문이다. 나민수 선생님은 내가 남들과 비교하면서 엄살을 부리는 것 같다고 생각하는 게 안타깝다고 하셨다. 또, 나는 내가 예민하고 소심해서 피곤하다고 생각했는데 선생님은 그래서 더 섬세하고 남들이 잘 볼 수 없는 것을 볼 수도 있다고 관점을 바꾸어 얘기해주셨다.

▷ 오늘은 불안과 우울이 매우 덜한 날이었다. 늘 혼자일 때는 우울해질 것 같은데, 그래도 타인과의 대화에서는 적어도 웃을 수 있다. 일주일 만에 이 병동에 적응해 나가는 것 같다.

▷ 두 번째 상담에서 주치의 선생님께 제발 산책 좀 나가게 해달라고 했더니 웃으셨다. 나도 처음으로 선생님 앞에서 웃었다. 선생님은 내가 웃는 모습을 보니 참 좋다고 해주셨다.

6월 27일 목요일

▷ 지금은 아침 5시 57분이다. 중간에 두 번 정도 깨어났지만 오늘은 별다른 꿈을 안 꾸고 잘 잤다. 왜 아침에는 이렇게 기분이 안 좋은지 모르겠다. 그래도 예전에는 밤부터 아침까지 늘 긴장 속에 살았지만 지금은 큰 긴장은 없다. 내가 보기에 내가 고쳐야 할 점은 첫째, 남들과의 관계에서 지나치게 눈치 보지 않기, 둘째, 낯선 사람에게 아무렇지 않게 대응하기, 셋째, 아직 남아있는 불안과 우울 퇴치하기이다.

여전히 나 혼자 있으면 우울에 빠지고는 한다. 주치의 선생님은 그럴 때 방에서 혼자 책을 읽기보다 로비에 나와서 노는 것을 추천했다. 어차피 준이와의 내기에서 지면서 하루에 8시간 로비에 나와 있기, 일주일 동안 준이와 두 시간 놀아주기를 실천해야 했다. 소원은 두 가지가 더 있다. 하나는 자신과 사귀는 것 생각해보기, 또 하나는 위의 소원들을 아무한테도 얘기하지 않기이다. 내 눈에 준이는 아직 너무 어린애라 사귈 생각도 전혀 없지만, 준이가 정말 나를 좋아하는지도 의문이 든다. 어제 낮까지만 해도 나보고 "하는 행동들이 왜 이렇게 귀엽냐"라고 하고 그저께 밤에는 안경을 벗어보라고 한 다음 "개 예뻐"라고 했다. 속옷을 뒤진 것에 대해 내가 화를 풀자, 내 머리 냄새가 너무 좋다며 내 샴푸를 좀 빌려달라고까지 했다. 그러다가 바로 지연 언니에게 착 달라붙었다. 날 가지고 노는 건지 뭔지 모르겠다. 더 이상 이 아이의 놀음에 당하고 싶지 않다. 내기에서 진 것만 생각하고 소원 내용에만 집중해야겠다. (준이는 나중에 우리들 사이에서 '카사노바'라고 불렸다^^)

▷ 오후 8시 10분이다. 오늘은 하루가 참 빨리 갔다. 주치의 선생님과는 네 번이나 이야기를 나누었다. 주치의 선생님이 준이와의 관계에 대해 물어보셨다. 대답하고 싶었지만 거의 아무 말도 하지 않았다. 나중에 준이를 보기 힘들 것 같기도 했고, 준이도 나에게 사과할 만큼 사과했기 때문이다. 선택을 잘 한 건지, 못한 건지는 모르겠다.

▷ 소아청소년과 책임교수라 하는 분과의 면담도 있었다. 상담실에 들어가기 전에 "선생님, 저 너무 긴장되는데 어떡하죠?"라고 주치의 선생님께 말했다. 선생님은 웃으시면서 "심호흡이라도 할까요?"라고 하셨다. 하지만 여전히 낯선 사람을 만나기는 두려웠다. 대답도 잘 못 했고 긴장도 풀리면서 지쳤다.
침대에 누워 있었더니 주치의 선생님이 한걸음에 달려오셨다. 내가

도윤이 삼촌과 탁구를 치는 나

걱정이 되셨나 보다. 선생님을 보자마자 "죄송합니다"라고 사과했다. 선생님은 또 웃으시면서 이게 왜 네 잘못이냐, 자기가 오히려 이런 상황을 자주 만들어서 미안하고 충분히 잘하고 있고 대단했다고 격려해주셨다. 정말 고맙고 멋진 분이다.

▷ 새로 온 환자가 있다. 놀라운 것은 그 환자가 나와 같은 학교, 같은 학년이라는 것이다! 이름은 모르고 얼굴은 여러모로 많이 봐서 낯이 익었다. 하지만 그 친구는 나를 모르는 것 같다. 우리 학교에 특히 힘든 애들이 많나 보다. 그 친구는 우울증으로 왔는데, 위클래스에서 죽고 싶다고, 바다에 빠져 죽을지도 모른다고 얘기했더니 이곳으로 오게 되었다고 한다. 기회가 된다면 말도 걸어보고, 친구로 만들어보고 싶다.

P.S. 마음의 건강은 많이 호전되었다. 실습생 선생님들이 나보고 많이 밝아졌다고 해주시고, 주치의 선생님은 내가 웃으니까 좋다고 하셨다.

오늘은 탁구도 아주 재미있게 쳤다. 실습생 중 양지혁 선생님과 스포츠에 일가견이 있는 도윤이 삼촌과 탁구를 쳤다. 지혁 선생님이 도윤이 삼촌 대신 나와 탁구를 쳐보고 싶다고 하셨다. 나도 놀랐지만, 생각보다 내 탁구 실력이 좋았다. 도윤이 삼촌과 지혁 선생님이 칭찬해주셨다. 그 뒤로도 한 시간 정도 탁구를 쳤다. 이제 도윤이 삼촌이 시간이 날 때마다 같이 탁구를 치자고 할 정도다.

6월 28일 금요일
(날짜 오류, 날짜 중복 기입)

▷ 새벽 5시 47분이다. 이유 없이 조금 긴장되고 불안하다. 기분도 별로 좋지 않다.

▷ 어제 꿈속에 가은이(초등학교 때부터 거의 모든 학원을 같이 다닌 친구)가 나왔다. 솔직히 가은이에게 실망감이 크고 예전처럼 가은이를 위해 노력하는 일은 그만해야겠다는 생각도 들었다. 보상을 바라고 한 것은 아니지만 그래도 나는 가은이가 힘들어할 때 가서 안아주고 문자도 보내고 최대한 옆에 있어줬다. 그래서 내가 수학학원과 영어학원을 그만둘 때 괜찮은지 정도는 문자로 물어봐 줄 거라고 기대했다. 하지만 아무것도 없었다. 야속하고 미웠다. 앞으로는 정말 가은이를 위한 일은 그만할 것이다. 인사 정도만 할 것이다.

▷ 아침을 먹었다. 어제 새로 온 친구의 이름은 박소연이다. 바다에 빠져 죽고 싶다는 그 친구였다. 아침을 먹는데 그 친구가 나오지 않았다. 나도 배가 별로 고프지 않아 조금만 먹고 그 친구의 방으로 갔다. 그 친구는 불을 끈 채 책을 읽고 있었다. "식사하세요"라는 남자 보호사가 큰 소리로 한 말을 못 들었나 보다. 소연이에게 밥을 먹어야 한다고 얘기하고 밥 먹는 장소와 식판에 자기 이름이 있다는 사실을 알려주었다. 지난 일주일 동안 병원에 적응을 하느라 너무 힘들었기 때문에 새로 들어온 환자에게 큰 도움을 주고 싶다.

이 친구는 우울증이라고는 하지만 로비에 나와서 다른 친구들에게 말도 섞곤 한다. 내가 학교에서 봤을 때도 활발했다. 소연이가 빨리 적응해서 웃음을 되찾고 나처럼 힘들지 않았으면 좋겠다. 지연 언니, 해은이 언니, 소연이, 나 모두 같은 학교 출신이거나 재학 중이다. 어제 저녁에 지연이 언니와 이런 얘기를 나누다가 우리 학교가 터를 잘못 잡았다며 웃었다.

▷ 오후 프로그램이 끝나고 4시 반쯤 된 것 같다. 밖에(로비) 별로 나가고 싶지 않아 눈에 별로 들어오진 않아도 침대에 앉아 책을 읽고 있었다. 지금 우리 방에는 지연이 언니, 채원이 언니, 해은이 언니와 내가 4인 실에서 함께 지내고 있다. 오늘 6인실에 자리가 비었나 보다. 평소 지연이 언니를 어려워하고 불편해했던 해은이 언니가 6인실에 가면서 그 자리에 할머니가 들어오셨다. 정미자(가명)할머니라고 외할머니가 생각이

나서 자꾸 마음이 가던 할머니였다. 식사하러 가시라고도 말씀드리고, 불편하신 건 없는지도 여쭈어보았었다. 내 옆에서 할머니가 주무실 것을 생각하니 마음이 한결 편해졌다.

▷ 엄마가 mp4에 노래를 담아와 보호사분을 통해 건네받았다. 내가 좋아하는 방탄 소년단의 노래도 있다. 오랜만에 서정적인 노래를 들으니 순간 울컥했다. 앞으로도 노래를 들을 수 있어서 시간도 일찍 지나갈 듯하다.

▷ 주치의 선생님과 상담도 했다. 어제 많이 만나서 오늘은 상담을 안 할 줄 알았는데 오늘도 상담하게 되어서 좋았다. 선생님이 내가 <개미> 책을 꽤 많이 읽은 것을 보고 "많이 읽었네요."라고 하시고 자신도 이 책을 읽어보았다고 하셨다. 상담 내용은 내가 어쩌다가 사람 눈치를 보게 되었는지였다. 초등학교 5학년 때 "다올은 착할 때도 있고 안 착할 때도 있다."라고 뒷담화를 한 것을 알고 난 이후에 급격히 친구들 눈치를 보게 된 것 같다. 중학교 2학년 때 반장을 하면서 무서운 애들과 다툰 것(일방적으로 욕을 먹었지만)도 한몫한 것 같다.

▷ 선생님과 상담하면서 내가 미처 알지 못하고 기억 속에만 묻어놓았던 일들을 떠올리게 된다. 이 일들은 주로 힘들었던 일들이다. 내가 불안장애가 생기게 된 배경을 찾아가는 일이 때로는 힘들기도 하다. 당

시에 너무 힘들게 느껴졌던 일들을 회상해야 하기 때문이다. 그래도 내 상처가 치유되는 과정이니 충분히 견뎌낼 수 있을 것 같다. 주치의 선생님은 내가 하는 말에 잘 웃어주신다. 항상 진지한 표정이신 선생님이 웃는 걸 처음 봤을 때 놀라기도 했다. 내가 웃음을 되찾은 것처럼 선생님도 내 앞에서는 자주 웃으니 나도 좋다. 나이가 보기보다 많다고 하시던데 몇 살인지는 안 알려주신다...

▷ 5시 37분이다. 그냥 너무 지치다. 가라앉는 듯한 느낌도 살짝 있는 것 같다. 오늘은 정말 무미건조한 하루였다. 큰 재미도, 큰 슬픔도 없는 가장 애매한 중간. 어쩌면 내 생활도 그런 것 같다. 공부를 하는 것도 아니고 그렇다고 공부를 안 할 수도 없는 처지도 아닌, 이도저도 아닌 상황.

▷ 지금도 지옥 같은 학교에서는 정말 많은 친구들이 나처럼 힘들어할 것이다. 소연이 말로는 자기네 반에만 입원이 필요한 정도인 친구가 2명이고 교실 말고 다른 곳에서 공부해야 하는 친구들까지 포함하면 5명이나 된다고 했다. 병원에 있어 학교에서 잠시 벗어난 내가 보기에 참 안쓰러웠다.

6월 29일 토요일

▷ 새벽 5시 40분경이다. 기분은 조금 슬프다. 할머니와 얘기를 나눌 때면 웃기는 하지만 그 상황이 끝나면 여지없이 가라앉는다. 그래도 두 번 정도만 깨어나고 잠은 그럭저럭 잘 잤다.

▷ 병원에서의 주말은 정말 길다. 실습생들도 없고 프로그램도 없다. 노래방과 영화가 있기는 해도 시간이 잘 가지 않는다. 오늘은 엄마에게 전화를 걸어 필요한 물건을 얘기하면서라도 시간을 보내야겠다. (이제는 다행히 엄마와 통화해도 예전처럼 울지 않기 때문에 수시로 전화할 수 있다.)

▷ 저녁 8시가 다 됐다. 오늘은 종일 방에만 있었다. 간만에(?) 기분이 너무 우울했다. 엄마 생각도 났다. 침대에서 몇십 분 동안 울었다.

▷ 주치의 선생님의 회진이 있었다. 하지만 주치의 선생님 말고 또 다른 선생님도 계셔서 묻는 말에 긍정적으로 대충 대답하고 눈도 안 마주쳤다. 회진이 끝나고 누워 있는데 간호사님이 오셔서 내 컨디션을 물어봐주셨다. 나는 자초지종을 말씀드렸다. 그러더니 이번에는 주치의 선생님이 혼자서 오셔서 뜻밖의 이야기를 꺼내셨다. 내일 면회를 할 수 있다는 것이다! 입원한 지 10일 만에 면회를 할 수 있다는 것은 그만큼 퇴원도 빨라진다는 얘기다. 가족들을 만날 수 있다는 기쁨보다는 퇴원 후 다시 일상으로 돌아가는 데 대한 두려움이 더 크다. 이곳 병동에서는 '입원'이라는 상황 아래에서 규칙만 잘 지키면 어떠한 압박도 없이 자유롭게 지낼 수 있다. 적응을 하고 나니 마치 친구들과 수련회에라도 온 것처럼 설레는 날도 있다. 제발 입원은 한 달 이상 했으면 좋겠다.

▷ 도윤이 삼촌은 저번에 내가 탁구를 치는 모습을 보신 이후에는 주로 민준이(민준이는 탁구를 나보다 훨씬 잘 친다)나 나에게 탁구를 치자고 하신다. 오늘 소파에서 민준이와 나란히 앉아 티비를 보고 있었는데, 도윤이 삼촌이 우리 둘을 번갈아 바라보면서 "탁구 칠 사람?"이라고 은근 기대하며 물어보셨다. 우리는 동시에 눈을 피했다. 아저씨는 "이것들이"라며 포기했다.

하지만 결국 나와 민준이 둘 다 쳤다. 탁구를 치기가 싫은 것은 절대 아니다. 오늘 종일 우울했던 기분을 풀어주었기 때문이다. 또, 땀을 내고 운동하면서 건강도 챙길 수 있다. 퇴원 후에는 아마 탁구 신동이 되어 있지 않을까.

    * 종일 졸리다. 낮잠도 두 번이나 잤는데 오후 8시 반도 안 된 지금도 졸리다.

    ** 이모, 고모네 식구들도 내 입원 소식을 알게 되었다. 사촌 언니는 퇴원하면 매일 아침 우리 집으로 놀러오겠다고 말했다고 한다. 모두 반겨줘서 고맙다.

6월 30일 일요일
(첫 면회!)

▷ 새벽 5시 50분경이다. 오늘은 한 번밖에 깨어나지 않았지만 악몽을 꾸었다. 이번에는 성폭행을 당하는 꿈이었다. 또 다른 꿈에서는 폐쇄 병동의 내 룸메이트로 대단히 폭력적인 남성과 내 편이 되어주는 여성 두 명이 등장했다. 나는 폭력적인 남성의 눈치를 보았다. 일기를 쓰다 보니 수정할 게 생겼다. 한 번이 아니라 두 번 깨어났다. 악몽을 꿀 때마다 깨어났으니 말이다.

▷ 오늘 아침은 긴장된다. 첫 면회라 설렌다는 것보다 왠지 모를 불안과 긴장이 더 먼저인 것 같다. 한동안 불안이 줄어들었는데 다시 원래의 느낌이 되살아나는 것 같다.

▷ 오늘은 일요일이다. 이곳에서는 일요일 아침마다 몸무게를 측정

한다. 내 몸무게는 44.6이었던 것 같다. (생각보다 높게 나왔지만, 후에 이 몸무게에서 3kg을 빼야 정상 몸무게임을 알게 되었다.) 병동에 들어와서는 밥 먹고 돌아다니질 않아서 살이 엄청 많이 찐 줄 알았는데 생각보다 많이 찌진 않았다. 자꾸만 손톱으로 손가락을 누른다. 불안할 때 나타나는 습관이다. 좌불안석이다. 일단 오늘 아침에 엄마한테 전화해서 수건을 다섯 장 가져와 달라고 해야겠다. 면회 시간은 11시. 그때까지 침착하게 기다리자.

▷ 학교에서는 다음 주 금요일부터 시험이다. 7월 5일, 8일, 9일 3일 동안 치러지는 기말고사다. 얼마 남지 않았으니까 친구들이 조금만 더 힘을 냈으면 좋겠다. 다른 학교에도 힘들어하는 친구들이 많겠지만 유독 우리 학교에 힘든 친구들이 많은 것 같다. 학교에서 벗어나 지내다 보니 그 지옥 같은 곳에서 하루하루 버티고 있는 친구들이 매우 안쓰럽고 안타깝다. (오지랖인가?) 얼마 남지 않았으니 조금만 더 버틸 수 있기를 기도한다.

시험 기간이라 (중간고사 때 그랬던 것처럼) 담임선생님은 힘들어하는 친구들을 위로하면서 시험 문제도 출제하느라 매우 바쁘실 것 같아 아직 한 번도 전화하지 않았다. 시험이 끝난 당일 혹은 그 다음 날 전화하려고 한다.

▷ 12시 49분이다. 면회를 마쳤다. 엄마를 보자마자 울었다. 엄마도

나를 안아주면서 우셨다. 열흘 만에 보는 가족이라 너무 반가웠다. 어쩌면 이런 가족과 떨어져 혼자 지내느라 처음 일주일 동안 그렇게 외롭고 힘들었나 보다. 주치의 선생님은 우리 가족의 면회를 잠시 보다가 가족끼리 시간을 보내는 게 좋을 것 같다며 나가셨다. 면회는 한 시간이었다. 처음에는 내 안부에 대한 이야기를 나누었다. 아직 아물지 않은 자해 상처를 만지기도 하고, 계속 안기도 했다. 나도 그동안 얘기하지 못했던 많을 일들을 들려줬다. 가족과 함께 있으면서 내가 그래도 많이 밝아졌음을 느낄 수 있었다. 물론 중간중간에 가라앉는 듯한 느낌이 있기는 했지만 말이다. 앞으로 면회는 일주일에 두 번 정도 할 수 있다. 그 말은 일주일에 두 번 가족을 볼 수 있다는 말이다! 어쩌면 나에게 상처를 준 엄마지만 동시에 내가 이 세상에서 가장 존경하는 엄마이기도 하다. 그게 떼려야 뗄 수 없는 가족의 힘인 것 같다. 언제라도 또 보고 싶은 가족의 힘. 다음번 면회에는 고모나 이모들도 왔으면 좋겠다. 다행히 면회가 빠르다고 퇴원도 빨라지는 것은 절대 아니고, 면회와 퇴원은 서로 관계가 없다고 한다.

▷ 지연이 언니가 단단히 화가 났다. 지연이 언니와 나의 주치의 선생님은 둘 다 나민수 선생님이다. 그런데 지연이 언니는 민수 쌤에게 불만이 있나 보다. 언니는 며칠 전부터 속이 안 좋아서 약을 (정신과 약이 아닌 약을) 먹고 있었는데, 이제는 속이 괜찮다며 그 약의 투여를 거부하고 민수 쌤에게 면담을 요청했다. (후에 알게 되었는데, 병동에서 제일

금기시 되는 게 투약 거부였다.) 하지만 민수 쌤은 지연이 언니가 투약을
해야 면담을 하겠다고 하셨다.

　　민수 쌤이 바빠서 간호사님과 보호사님이 중간에서 서로의 이야기
를 전달했는데, 민수 쌤과 지연이 언니 사이에 보이지 않는 긴장감이 돌
아 팽팽하다. 그 갈등과 무관한 나도 보기만 해도 숨이 막히고 긴장된
다. 지연이 언니는 안전방(자해, 거부, 소란 등의 행위를 할 때 진정을 위해 마련한 방)
에 가서 민수 쌤을 기다리기로 했다. 지연이 언니가 화가 난 이유가 뭐든
지 간에 아직까지 나는 민수 쌤 편이다. 아무쪼록 잘 해결되기를 바란다.

　　▷ 저녁 7시. 중간에 한 시간 정도 낮잠을 잤다. 낮잠을 자기 전까지
는 분명히 기분이 좋았다. 고통은 낮잠에서 깨어나니 시작되었다. 아직
도 그 후유증에 시달리고 있다. 숨이 막혀왔고 헤어나올 수 없는 어두운
동굴 속으로 자꾸만 떨어졌다. 기분은 계속 가라앉았다. 침대 받침대에
기대 쪼그리고 앉은 채 한 시간 반에서 두 시간 정도 움직이지 않고 가
만히 있었다. 간호사 선생님께서 괜찮냐고 물어보셨지만 정말로 그 소리
가 들리지 않았다. (드라마 속에서 가끔 어떤 일에 너무 집중하거나 너
무 슬프면 주변 상황과 소리가 들리지 않는 장면이 나오는데, 그것을 실
제로 경험했다.) 선생님이 내 이름을 여러 번 부른 뒤에야 대답을 할 수
있었다. 그만큼 깊은 우울감이었다. 참고로 우울증에 빠져보지 못한 분
들은 이해할 수 없는 감정일 것이다.

　　저녁 시간이 되자 간호사 선생님이 일단 밥을 먹자고 하셨다. 나도

정신을 차려야 할 것 같아서 얼른 그 자리를 박차고 일어났다. 저녁을 먹는 둥 마는 둥하고 다시 침대에 앉아 여진이 남아있는 것처럼 약간의 우울에 빠졌다. 다행히 해은이 언니가 나를 불러 편지와 책을 주었고, 약을 먹으러 로비에 나간 덕분에 깊은 우울에 빠지지는 않았다. 정신이 난 김에 샤워도 하고 왔다. 하지만 여전히 가라앉는다. 노래를 들으면서 있을 건데 어떻게 될지 심히 걱정이 된다.

▷ 깊은 블랙홀에 점점 빠져들고 있다. 힘이 들고 조금 두렵기도 하다.

▷ 30분 정도 지난 지금은 많이 나아졌다. 다행이다. 남자 간호사 선생님께 약을 달라고 했는데, 우울증 약인 항우울제는 꾸준히 2~3주를 먹어야 효과가 있다고 하면서 약을 주시지 않았다. 맞는 말이다. 우울증이 약 며칠 먹고 호전되는 병이라면 얼마나 좋을까. 그래도 임시방편의 약이라도 주셨으면 좋았을 텐데.

▷ 내일은 월요일이다. 전체 회진이 있는 날이다. 이번 목표는 사람들 있는 곳에서 작게나마 대답하는 것!

우울에 빠진 나를 위로하는 간호사 쌤

제 3 장

2019년 7월 첫째 주
두 번째 면회

7월 1일 월요일

▷ 새벽 6시다. 오늘은 3번 정도 깨어났다. 신기하게도 그중 두 번은 마침 할머니가 화장실에 가고 싶어 하셔서 도와드려야 하는 상황이었다. 첫 번째 깨어났을 때는 새벽 2시경이었다. 약을 먹은 이후로 거동이 더 불편해지신 할머니를 도와드리고 있었는데, 이현정 선생님이 발견하셔서 나머지는 현정 쌤이 할머니를 도와드렸다. 두 번째 깨어난 새벽 4시에는 내가 할머니를 도와드렸다.

잠깐 현정 쌤 얘기를 하자면, 내가 기분이 최고로 좋았을 때 장난을 치면서 친해진 여자 간호사님이다. 우리 학교 선배인데, 많은 장난을 치면서 급속도로 친해졌다. 처음에는 내가 <개미>를 읽고 있다가 뜬금없이 저자인 베르나르 베르베르가 어느 나라 사람인지 아느냐고 문제를 냈다. 이럴 때 보면 참 많이 힘들었던 그때도 굉장히 사교적이었던 것 같다. 그런데 현정 쌤은 나이를 알려달라고 했지만 거부했고 다른 개인정보^(남자친구 유무, 사는 곳)도 알려주지 않았다. 그래서 나는 쌤에게 "비싼추룩 하지 말라"^(비싼 척하지 말라는 제주도 사투리)라고 했다. 하지만 곧 도를 넘은 장난에다 예의가 없었던 것 같아 사과의 편지를 드렸다.

▷ 어제 지연이 언니가 두 번째로 단단히 화가 났다. 민철이가 지연이 언니의 얼굴을 때린 것이다. 민철이가 애니메이션 프로그램을 고집하자 지연이 언니가 버릇을 고쳐주려고 계속 안 된다고 했나 보다. 민수쌤이 한달음에 언니에게 달려오셨고, 언니는 이 사건 말고도 그동안 쌓였던 불만을 다 털어놓았다. 그 불만 중 세 명의 룸메이트에 대한 것도 있었다. 나, 할머니, 채원이 언니 말이다. 우선 채원이 언니는 5분에 세 번을 왔다갔다 할 정도로 (지연이 언니가 채원이 언니에게 혹시 몽유병이 있냐고 비꼬듯이 얘기하며 직접 측정한 것이다) 자주 돌아다니고, 할머니는 식판에 있는 음식을 몰래 가져와서 먹고, 나는 온종일 울어서 정신이 없다는 것이다.

나는 누워서 그 얘기를 듣다가 일어나 방에서 나갔다. 지연이 언니와 주치의 선생님이 내 눈치를 안 보고 둘이서만 얘기할 수 있도록 하기 위해서다. (방에 마침 나하고 지연이 언니, 민수 쌤만 있어서 내가 나가면 둘만 얘기할 수 있었다.) 또, 그 모든 불만을 굳이 들을 필요도 없을 것 같았다. 방에서 하는 얘기가 들리지 않을 정도로 멀리 있는 소파에 앉아서 언니가 말한 '온종일 울던' 내 모습과 '몰래 가져와서 음식을 먹는' 할머니의 모습을 떠올려 보았다. 우선, 내가 온종일 기분이 너무 우울해서 고개를 숙인 채 한숨을 계속 쉬고, 조금 울기도 한 것은 사실이다. 그게 거슬렸다면 이해가 안 되는 것도 아니고 죄송스럽다. 하지만 그래도 괜찮냐고 한 번쯤은 물어봐 줄 수 있는 것 아닌가? 지연이 언니도 2년 동안 우울증을 겪었다고 들었는데, 그럼 공감해 줄 수도 있는 것 아닌가?

다음으로 할머니의 모습을 떠올렸다. '할머니가 얼마나 배가 고프셨으면 점심 때 나온 상추를 꺼내와서 드셨을까' 생각하니 나는 너무 안쓰러웠고, 다음부터는 간식을 신청하는 방법을 알려드려야겠다고 생각했다. 또, 식단에 나온 음식을 밖으로 가져와서는 안 된다는 규칙을 할머니는 모르고 계셨다. 그런데 지연이 언니는 할머니가 말하지 말라는 걸 굳이 보호사님께 가서 고자질을 하고, 보호사가 힘으로 할머니의 상추를 빼앗도록 만들었다. 맛있는 반찬도 아니고 겨우 상추 좀 먹는다고 그렇게까지 야박하게 굴어야 하나?

너무나 냉정하고 정이 없는 언니의 모습에 놀랐다. 철저히 규칙을 엄수해야 한다는 언니의 가치관도 틀리진 않을 것이다. 하지만 그렇게까지 정이 없는 세상을 나는 원치 않는다.

밖에서 기다리다가 민수 쌤이 나오시는 걸 보고 대화가 끝난 것 같아 방에 들어가려고 소파에서 일어섰다. 선생님은 나를 발견하고는 어떤 말을 하려다가 말았다. 나는 선생님께 인사를 드리고 바로 방에 들어가서 팔자 좋게 누워 잠이 들었다. 언니가 내 욕을 한 것을 알면서도 마치 아무 일 없었다는 듯이 말이다.

예전에는 지연이 언니가 마냥 좋았는데 오늘은 아니었다. 4인실을

함께 쓰는 단체생활은 맞지만, 단순한 병동이 아닌 폐쇄병동인데 그 정
도도 양보하시 못하는 모습과 할머니를 도와드리기는커녕 비아냥거리
는 모습을 보면 배려심이 없는 것 같았다.

▷ 오늘은 전체 회진이 있는 날이다. 긴장이 조금 되지만 그보다는
우울이 조금 더 큰 것 같다. 어제 우울의 깊은 늪에 빠져 헤어나오지 못
한 것이 오늘 아침까지 후유증이 있나 보다. 자꾸만 가라앉는다.

▷ 저녁 8시 30분이다. 역시 사람들이 많은 상황이 닥치자 긴장과 불
안이 시작되었다. 이번에도 강새론 교수님이 오후에 따로 오셔서 면담
을 진행했다. 교수님과의 면담은 저번보다 힘들었다. 내 감정 기복에 대
한 이야기를 나누었다. 작년, 즉 고등학교 2학년 때는 수업시간에 집중
이 되지 않을 정도로 기분이 좋았는데 올해가 되니 40여 일을 학교에서
울며 힘들어했다. 감정 기복에 주목하신 것을 보면 의사 선생님들은 조
울증으로 접근하시는 것 같다.

▷ 오늘은 오후쯤 되니까 기분이 매우 좋아졌다. 로비에 나와 민준
이, 소연이와 이야기를 나눈 것이 큰 몫을 한 것 같다. 소연이는 입원한
지 5일째 되는 날인 오늘 퇴원했다. 소연이 어머께서 소연이 혼자 병
동에 보낸 것이 불안하셨나 보다. 집에서 휴대폰도 하고 강아지도 키우
면서 쉬는 게 더 나을 것 같다고 했다. 그동안 기분이 너무 좋지 않아 말

을 못 걸다가 오늘에야 말도 걸고 친해지려 했는데, 퇴원을 한다니 아쉬웠다.

오늘 오전 프로그램으로는 서예를 했다. 저번 주에 한 번 해보고 두 번 다시는 하지 않겠다고 다짐했었다. 오늘 서예 시간에는 빠지고 소연이와 함께 소연이 침실에 가서 숨었다. 유쾌한 일탈 속에서 학교와 진로에 관한 얘기, 책 얘기 등을 나누다가 보호사 선생님께 들켜서 결국 서예를 하러 갔다.

▷ 소연이가 떠나갔다. 외로움을 달래기 위해 탁구만 두 시간 반 동안 쳤다. 도윤이 아저씨와 지혁 쌤과 말이다. 오늘은 손목을 꺾지 않고 스매싱을 하거나 공을 빠르게 보낼 수 있는 스킬을 연습했다.

▷ 오늘은 거의 온종일 주현이 언니와 함께 있었다. 언니가 내일 오전 10시 반경에 퇴원하기 때문이다. 내가 입원한 지 10일 정도밖에 안 지났지만 우리 둘은 빠르게 친해졌다. 어깨동무도 하고 손도 잡는다. 내가 장난을 치면 착한 주현이 언니는 웃으며 다 받아줬다. 나에게 귀엽다고도 한다. 언니는 나보다 세 살 위인데 너무 귀엽다. 우리는 번호도 주고받았다. 내일 전화해야지!

승민이, 소연이, 주현이 언니 그리고 말은 많이 안 섞어봤지만 인사 정도는 했던 김모 씨와 박모 씨, 다섯 명이 연달아 퇴원했거나 퇴원을 할 것이다. 그리고 또 그만큼 많은 환자가 자리를 메꾸기 시작할 것이다. 낮선 사람이 두렵다. 내일은 해은이 언니와 할머니가 계신 6인실로 가야 겠다. (처음 온 환자들은 2인실, 4인실, 6인실의 순서로 방을 옮기기 때문에 6인실로 갈수록 낯이 익은 환자들이 많아진다.)

7월 2일 화요일

▷ 새벽 5시 50분이다. 가라앉는 듯한 기분이 든다. 그래도 잠은 한 번 정도만 깨고 대체적으로는 잘 잔 편이다. 어제 탁구를 두 시간 반이나 쳤더니 지쳤나 보다.

▷ 오늘은 산책이 있는 날이다. 비가 안 오면 (장마철이라서 비가 오고 습한데, 병동 안에만 갇혀 있으니 비가 오는지 안 오는지, 습한지 습하지 않은지 도통 알 길이 없다.) 오늘만큼은 꼭 산책을 하고 싶다. 주치의 선생님께 여쭤봐야겠다.

▷ 어제 새로운 남자애가 들어왔다. 준이와 동갑인 열네 살이다. 신문 읽는 것을 좋아하는 것 같다. 열네 살이면 중학교 1학년인데 고3인 내가 보기엔 너무 어리고 귀엽다. 어떤 아픔이 있어 들어왔는지는 모르겠

지만 아직 낯을 많이 가리는 것 같아 말을 건네지는 못했다. 나는 일주일 동안 적응을 하느라 많이 힘들었는데, 이 남자애는 준이의 도움을 받으며 나처럼 힘든 시기를 보내지 않으면 좋겠다.

▷ 4일 후에 학교에서 기말고사를 치른다. 칠판에는 D-4라고 적어놓고 매 수업 시간이 자습시간이 되어 있겠지. 압박감에 힘들어하는 친구들은 울면서 선생님께 위로도 받고, 하루하루 힘든 나날을 보내고 있겠지. 제발 4일만 잘 버텨내 주길….

▷ 11시 27분이다. 주현이 언니와 얘기하는 순간에도 기분이 안 좋았다. 한없이 가라앉았다. 아무것도 하기 싫어서 지금 프로그램도 빠졌다. 9시 26분부터 두 시간 동안 화장실에 있다 왔다. 화장실에서도 일이 있었다. 어떻게 하면 목을 매달아 죽을 수 있는지 방법을 찾아보았다. 천장에다 테이프로 밧줄을 붙여봤자 내 무게를 버티지 못할 텐데, 다른 방법은 뭐가 있을지 고민했다. 그러다 문득 이어폰이 떠올랐다. 마침 노래를 듣고 있었는데 이어폰으로 내 목을 조르면 어떨지 궁금했다. 그냥 목을 조르고 싶었다. 그래서 이어폰을 내 목에 두른 후 x자 모양으로 꼬아서 양손으로 있는 힘껏 잡아당겼다. 목젖에 이어폰 줄이 압박을 가했다. 얼굴이 빨개지는 것 같았다. 혀가 빠져나올 것 같았다. 숨이 막혔다. 이 정도면 자해인지 자살 시도인지 모르겠다.

아, 모르겠다. 그냥 지금 기분은 뭐라 표현할 수 없을 만큼 복잡하다. 슬프기도 하고 외롭기도 하고 불안하기도 하고 화도 나고 나쁜 감정들은 다 느껴지는 것 같다. 한 가지 공통적인 것은 격렬하게 집에 가고 싶다는 것이다.

▷ 이쯤 썼을 때 주치의 선생님이 나를 찾아오셨다. 화장실에서 두 시간 있었다고 말씀드리자 선생님이 무슨 생각을 했냐고 물어보셨다.

"어떻게 하면 목을 매달 수 있을까. 어떻게 하면 천장에 밧줄을 매달 수 있을까. 천장 보면서 이런 생각했어요."

말이 끝나자마자 프로그램을 마친 환자들이 각자의 침실로 돌아왔고, 주치의 선생님은 따로 얘기 좀 하자며 상담실로 나를 데려가셨다.

화장실에서 내가 어떤 일을 했다고 말씀드리자 주치의 선생님은 그 '어떤 일'이 자해라는 걸 눈치채셨다.

"예전에 자해할 때는 어디에 했어요?"
"엄마가 걱정하실 것 같아서 안 보이는 곳, 허벅지에다 그었어요, 칼로."

선생님이 혹시 이번에도 칼을 이용했냐고 물어보셨고, 나는 칼이 없어서 허벅지에는 못했다고 답했다. 선생님은 계속해서 말해줄 수 있냐고 물어보셨다. 자해는 본인 스스로 통제할 수 없기 때문에 병동에서 관리가 필요할 것 같다고 하셨다. "관리를 한다는 게 무슨 의미예요?"

"관리를 한다는 건 자해를 할 수 있는 도구, 예를 들면 펜 같은 것들을 사용할 때 허락을 받도록 하는 거예요."

이어폰을 사용해서 목을 졸랐다고 하면 빼앗길 것 같아서 끝까지 얘기하지 않으려 했다. 하지만 선생님은 병동에서 하지 말아야 할 것이 여러 개가 있는데 그중 하나가 자기 자신 혹은 타인을 해하는 것이고, 이를 어겼을 시 병원 측에서 내 물건을 수색할 수도 있다고 하셨다.

"저는 그렇게 강하게 나가고 싶지 않아요. 해결할 방법을 같이 찾으면 안 될까요, 다올양?"

마음이 많이 흔들렸다. 압수 수색이 싫은 것도 있지만 나를 위해서 저렇게 애를 써주시는 분이 있다는 것에 감사했다. 선생님은 곧이어 말씀하셨다.

"저도 이런 경우는 되게 난감해요. 제가 이렇게 하면 다올양은 다음부터는 저한테 얘기하는 것을 꺼릴 것이고, 또 우리가 지금까지 쌓아온 관계가 무너질 수도 있으니까요. 그런데 저는 다올양이 다치지 않았으면 좋겠어요. 그래서 이렇게 얘기하는 거예요. 마음이 복잡하고 힘들 때 어떻게 하면 될지 같이 찾으면 안 될까요?"

나는 그냥 조용히 듣고만 있었다. 아직 말씀드리고 싶지 않았다. 노래를 듣는 게 유일한 낙인데, 이어폰이 없으면 너무 심심할 것 같았다. 하지만 선생님은 계속해서 말해달라고 부탁하셨고, 나도 병원에 들어온 이유가 그런 행위들을 하지 않기 위해서인데 숨기는 게 무슨 의미가 있을지 의문이 들었다. 또, 내가 낫기 위해서는 내가 부탁해도 시원치 않을 판에 오히려 선생님이 애걸복걸하는 상황이 이상했다. 한동안 우리 둘 사이에 침묵이 흘렀다. 나는 마침내 입을 열었다.

"이어폰으로 목을 졸랐어요."

선생님이 조금 놀라신 것 같다. 약간의 침묵이 흐르다 선생님이 얘기해줘서 정말 고맙다고 하셨다. 또, 흉터가 남지 않아 다행이라고 하셨다. 나도 "얘기하니까 후련하네요"라고 답했고 선생님은 웃으셨다. 선생님은 끝까지 나에게 고맙다고 말씀하셨고, 점심을 먹고 오후에 또 면담을 하기로 했다.

▷ 점심을 먹었다. 지금도 기분이 가라앉는다. 순순히 mp4와 이어폰을 제출했다. 이젠 뭘 하지

▷ 6인실로 옮겼다. 해은이 언니, 채원이 언니가 있고 많이 봤던 환자들이 6인실에 함께 있어서 주현이 언니가 퇴원하면 그 자리에 내가 오겠다고 떼를 썼었는데 다행이다. (올 사람이 나밖에 없기도 했다.)

▷ 강○○이라는 환자가 있는데, 자꾸 혼잣말을 하고 노래를 부른다. 죄송하지만 조금 시끄럽다. 괜히 6인실에 오겠다고 했나 싶기도 하다. (같은 노래를 계속 반복해서 나도 외울 지경이다.) 언젠가 날을 잡아서 새벽에 해은이 언니와 과자 파티를 하기로 했다. 병동에서 힘들었던 기억 말고 재밌는 추억을 만들고 싶다.

▷ 지금 집단 치료실에서 그룹 치료가 진행 중이다. 아마 막바지에 접어든 듯하다. 저번 주 화요일에 한 번 해보았는데, 안 할 수 있으면 안 하고 싶다. 사람들이 많은 곳에서 내 병에 대해 말을 해야 하기 때문이다. 많은 사람들 앞에서 이야기하는 건 아직 나한테 너무 어려운 일이다. 그런 부담스러운 일은 피하고 싶다.

▷ 오전에 있었던 일을 떠올려 보았다. 나 자신이 안쓰러웠다. 이어폰으로 내 목을 졸랐던 것을 생각하면 마음이 너무 아프다. 지금은 조금 정신이 드나 보다. 여전히 가라앉는 기분이기는 하지만.

▷ 오후 6시경. 엄마와 면회를 했다. 면회하기 직전까지 웃고는 있었

지만 마음이 너무 무겁고 가라앉는 기분이 들어 울고 싶었다. 엄마가 왔을 때, 이번에는 바로 울지 않고 반갑게 맞았다. 하지만 속에 있는 이야기를 나누면서 곧 눈물바다가 되었다.

> "오늘 아침에 두 시간 동안 화장실에 있었어요. 9시 반부터 11시 반까지."
> "실은 엄마가 11시쯤에 전화를 했었거든. 근데 남자 간호사가 다올이 프로그램 갔다고 하던데?"
> "오늘 프로그램 하나도 안 했는데…"
> "그래? 그럼 여기 관계자들 말을 다 믿으면 안 되겠구나."

(왜 거짓말을 했을까? 내 생각에는 제대로 확인해보지 않고 그동안 내가 프로그램에 잘 참여해 왔으니까 그냥 그랬다고 엄마한테 얘기한 것 같다. 실망스러웠다.)

> "(울음) 다른 사람들은 모두 이게 좋은 경험이라고 하는데, 나는 이런 경험까지 해야 하나 싶어요. 과정이 너무 힘드니까 버티기 싫고 포기하고 싶어요."
> "(울음) 엄마는 어떻게 해서든 다올이를 살리려고 할 거야. 엄마 믿지? 엄마가 우리 다올이 살아갈 수 있는 길을 꼭 찾을게."
> "엄마, 보고 싶었어요."
> "엄마도."

우리는 그렇게 한참을 서로 안고 울었다. 생사에 관한 얘기도 나누었다. (나의 상태에 대한 혼란스러움과 함께)

"어떤 때는 기분이 너무 안 좋아서 자해를 하거나 극단적인 생각을 하고, 어떤 때는 기분이 너무 좋아서 주체가 안 되고…. 언제 불안하고 언제 우울한지를 모르겠어요. 그냥 제 뇌가 파탄이 나서 균형 따위가 없는 것 같아 혼란스러워요. 매일 엄마한테 자해, 자살 생각했다고 얘기하는 것도 미안한데…. 1학년 때는 옥상에 올라갔다가 엄마 생각하면서 내려왔어요. 이 병동도 살려고 온 거잖아요. 나도 살려고 이 병동에서 느끼는 외로움 같은 감정들 다 견뎌내고 있어요. 살려고 노력할게요. 저 아직 죽는 거 겁나요. 그니까 안 죽을 거예요."
"다올이가 이렇게 힘들어하는 원인 중 하나가 엄마인 것 같아서 정말 미안해. 그리고 살아보려고 노력해줘서 고마워."

▷ 어느 정도 진솔한 얘기가 끝난 뒤 사소한 이야기를 나눴다. '하다 하다 요즘은 일일 연속극을 챙겨보고 있다,' '언젠가 날을 잡아서 새벽에 해은이 언니랑 몰래 과자 파티를 하기로 했다' 등의 세세한 일상을 얘기했다. 나머지 시간 동안 엄마 무릎에 누워 있다가 보호사 선생님이 시간이 지났다고 해서 아쉬운 마음으로 인사를 했다. 오늘 가고 나면 엄마는 일요일에야 올 것이다.

▷ 면회를 끝내고 저녁 약을 먹어야 해서 간호사 선생님이 나를 부

르셨다. 그리고 오늘 오전에 있었던 일을 물어보셨다. 벌써 공유가 되어 퍼졌나 보다. 나중에 현정 쌤에게도 털어놓고 싶다.

▷ 다행인 점이 있다. 이제는 정신을 차리면 내가 자해를 했다는 사실에 내 자신이 안타깝게 느껴진다는 것이다. 오늘 일로 내가 있던 화장실 칸에 아픈 기억이 다시 생겼다. 마음이 아프다.

▷ 자기 직전이다. 다사다난한 하루였다. 지금도 기분은 가라앉지만, 엄마와 함께 울고 나니 조금 풀린 것 같다. 내일이 두렵다.

7월 3일 수요일

▷ 새벽 5시 50분경이다. 중간에 두 번 정도 깨어났고 그다지 좋은 꿈을 꾸지 않았다. 기분은 어제보다 나은 것 같다. 아… 노래 듣고 싶다. 로비에서 노래를 듣는 것은 허락됐으니 로비에서라도 들어야겠다.

▷ 오늘 열과 혈압을 측정하신 간호사님은 박하린 선생님이다. 나처럼 엄지에 조개손톱을 가지고 계신다. 박 선생님도 내 자해 사실을 아시고 계시는지 잘 모르겠다. 차라리 병원 관계자 분들이 모두 아셨으면 좋겠다. 내가 웃고는 있지만 그 웃음이 진정한 의미의 웃음이 아니라는 사실을 모두 다 알았으면 좋겠다. 장난도 치고 웃기도 하지만 그 상황이 끝나거나 혼자 있으면 그토록 힘들어하고 이유 모를 우울감에 시달리고 있음을 이해해줬으면 좋겠다.

▷ 한 시간 40분을 울었다. 너무 힘들어서 울었다. 왜 힘들었는지는 아직 정리가 안 된다. 글을 쓰면서 정리를 해봐야겠다.

우선 오후 프로그램에서 뇌 구조 그리기를 했는데, 가장 가운데에 있으면서 가장 큰 칸에는 '내가 나를 해치는, 잊지 못할 상처'라고 적었다. 그렇다. 나는 입원한 뒤부터 많은 시간을 지난 4월 19일부터 어제까지 자해하고 엄청나게 울었던 때를 생각하는데 투자했다. 어제처럼 우울감이나 충동감이 있을 때 빼고는 이제 병이 많이 호전되어서 예전에 내가 나를 해쳤던 것을 생각하면 마음이 너무 아프고 힘들다. 이는 내가 나에 대한 죄책감을 가지고 있다는 의미인 것 같다.

누구나 자신이 힘들었던 때를 떠올리면 눈물이 나듯이 나도 뇌 구조에 나의 상처를 적으면서 나 스스로에게 채찍질을 했던 때가 떠올랐다. 프로그램을 끝내고 침실에 와서 울기 시작했다. 할머니께서 건빵과 요플레를 가지고 와서 힘든 일이 있으면 털어놓으라고 하셨다. 그 모습에 더 울컥해서 순간 오열을 했다. 남자 간호사 선생님도 오셔서 왜 그러냐고 물어보셨다. 나는 실컷 울고 나면 괜찮아질 것이라고 했다. 하지만 이내 곧 2차 울음이 시작되었다. 솔직히 왜 울었는지 잘 모르겠다. 나에 대한 연민이라고 하면 너무 웃길 것 같다. 하지만 맞는 얘기다. '얼마나 힘들었으면 그랬을까?'라는 생각을 하며 나 자신이 불쌍해서 운 것 같다.

울음이 그치지 않자 화장실로 갔다. 어제 자해를 했던 칸에 들어가 주저앉아 오열을 했다. 무슨 생각 때문에 운 것인지는 잘 모르겠다. 분명히 기억이 나는 것은 울다가 벽에 머리를 박았는데, '이것 때문에 아파할 거면서'라고 생각하며 또 울었던 것이다. 또, "감당이 안 된다"는 말을 했다. 채원이 언니와 헤은이 언니가 나를 찾으러 화장실로 왔는데, 그때 주저앉아 우는 것을 보고 놀라셨다. 언니들이 왜 그러냐고 물어보셨을 때 "내 삶이 감당이 되지 않아요"라고 답했다. 뭐가 감당이 되지 않아 힘들었을까. 아마도 기분이 좋았다, 나빴다를 반복하고, 우울하고 언제 불안할지 모르는 내 상태가 혼란스러워서 그런 것 같다.

▷ 울다가 너무 힘들어서 남자 간호사님께 약을 달라고 했다. 선생님은 일단 면담실에 가 있으라고 하셨다. 난 당연히 그 남자 간호사 선생님과 면담을 할 줄 알았는데, 갑자기 문을 똑똑 두드리더니 주치의 선생님이 들어오셨다. 일을 크게 벌리지 않으려 고 했는데, 이상하게 오늘은 주치의 선생님이 못 미더웠다. 차라리 남자 간호사 선생님이었다면 모든 것을 털어놓을 수 있었을 텐데.

▷ 아무튼 나는 "선생님이 오실 거라고는 생각하지 못했어요"라고 입을 열었다. 선생님은 그건 내가 신경 쓸 부분이 아니라고 하셨다. 나는 말하기 시작했다.

> "모두들 이게 좋은 경험이 될 거라고 하는데, 이런 과정까지 겪으면서 경험을 얻어야 하나 싶어요. 그래서 제가 여기에 있는게 맞는지도 모르겠고요, 그냥 감당이 안 돼요."

선생님은 감기에 걸리면 병원에 가듯 마음에 병이 생기면 여기로 오는 것이라며 내가 여기에 있는 것이 맞다고 하셨다. 또 어떤 면에서 감당이 안 된다고 느끼는지를 물어보셨다. 이에 나는 답하지 못했다. 지금 고민해보려 한다. 감당이 안 된다는 것은 나에게 너무나 힘이 드는 일이 있다는 것이다. 나에게 힘든 일은 방황과 현재 상태에 대한 혼란, 과거의 기억이 될 듯하다. 방황이란 내가 학교에서 해온 것들을 버리고 새로운 길을 개척해야 한다는 것에서 비롯된다. 내 상태에 대한 혼란은 언제 내가 우울하거나 불안해져서 무슨 일을 저지를지 모르는 것을 의미한다. 과거의 기억이란 내가 나를 해칠 때 느꼈던 칼에 대한 공포, 흉터를 보며 느낀 죄책감 등을 말한다. 즉, 아물지 않은 마음의 상처가 과거의 기억이다. 이에 대해 재차 물어보신다면 말씀드려야겠다.

7월 4일 목요일

(2주째 되는 날!)

▷ 새벽 5시 20분경이다. 오늘은 꽤 여러 번 깨어났다. 4~5번 정도 깨어났지만, 수면의 질이 나쁘지는 않았다. 저녁 약을 먹으면 많이 졸리다. 어제 간만에(?) 오래 울어서 지치기도 했다. 오늘 아침 기분은 그저 그렇다. 많이 우울하지도, 많이 기쁘지도 않은 중간. 언제 급격히 기분이 좋아지거나 나빠질지는 모르겠다.

▷ 병원에 입원한 지 2주째 되는 날이다. 2주 정도까지 견뎌낸 나 자신에게 칭찬을 해주고 싶다. 어제까지 우여곡절이 많았고 앞으로도 많을 테지만 이제는 면회로 가족들도 볼 수 있고(횟수도 늘어날 것이다), 산책으로 건물 밖을 나갈 수도 있다. 솔직히 말하면 지금 좀 많이 힘들다. 남들이 보기에 잘 웃고 탁구도 치고 장난도 치니까 많이 밝아졌고 괜찮아진 것으로 보일 것이다. 하지만 모든 행동과 사고 속에 뿌리 깊게

85

박혀있는 우울이라는 불씨까지 아직은 없애지 못했다. 물론, 이를 위해서는 오랜 시간이 필요할 테지만 말이다. 2주가 지난 지금, 내가 해결하고자 하는 문제를 적어 보면 다음과 같다.

첫째, 지나치게 타인의 눈치 보지 않기!
타인의 시선을 지나치게 의식하는 것. 내 불안을 촉구시켰던 원인 중 하나다. 그래도 왜 내가 타인의 시선을 그토록 의식하게 되었는지 알게 되었으니 조금 후련하다.
둘째, 사람들 많이 있는 곳에서 말하기
아직도 나는 주치의 선생님이든 교수님이든 면담할 때 눈도 못 쳐다본다. 월요일 전체 회진 때 내 앞에서 나의 대답을 기다리는 8~10개의 눈이 나를 숨막히게 한다.
셋째, 유난히 심한 감정 기복
나는 감정 기복이 너무 심해서 오전에는 거의 죽음이었다가 오후에는 언제 그랬냐는 식으로 미친 듯이 즐겁다. 내 뇌의 균형이라는 것이 파탄이 나서 매우 혼란스럽다.

▷ 오전 10시 반이다. 이제야 조금 진정이 된다. 하지만 다 풀린 것은 아니다. 아침을 먹고 침실에 왔는데 갑자기 눈물이 쏟아졌다. 처음에는 과거에 힘들었던 경험 때문에 울었는데, 점점 지금 내가 힘든 이유 때문에 울었다. 기분도 제 멋대로이고, 언제 불안하거나 우울할지도 모르고,

너무 괴롭고 혼란스러웠다. 샤프를 꺼내 들었다. 내 팔에 샤프를 대고 피가 날 때까지 계속 그었다. (샤프심 말고 샤프심이 나오는 쇠 부분으로) 아무리 그어봐도 피가 나지 않자 샤프를 바닥에 내던졌다가 다시 주웠다. 계속 그어도 피가 철철 흐르지 않았다. 해은이 언니가 하지 말라고 말렸다. 나는 울면서 "이현정 선생님 좀 불러주실 수 있어요?"라고 물었다. 곧 보호사 선생님이 오셨다.

"아무리 그어봐도 피가 안 나요"라며 보호사 선생님께 말하며 오열했다. 보호사 선생님은 "피가 안 나야 정상이지"라며 내 펜을 다 뺏어갔다. 곧 이현정 선생님이 들어오셨다. 상처를 보고는 안전방으로 가야 할 것 같다고 하며 나를 데리고 가셨다. '생각하는 글쓰기'를 썼다. 왜 그런 행동을 했는지, 그런 충동이 들 때 어떻게 하면 되는지, 그 방법을 생각해보는 글이다. (환자들 사이에서는 반성문이라 불린다.) 나는 '보호사와 간호사, 주치의 선생님께 말씀드린다' 등의 매우 형식적인 내용을 적었다. 주치의 선생님이 오셨는데 별로 반갑지가 않았다. 약은 조절하는 중이라고 하셨다. 매일 조절 중이라고 한다. 그래도 내가 이러는 것은 내 탓이 아니라고 몇 번이나 말씀하셨다. 감사하기는 하다.

▷ 현정 쌤이 상처를 소독하러 오셨다. 안전방에서 생각하는 글쓰기를 하고 나서 많이 안정되고 기분도 좋아져서 내가 좋아하는 현정 쌤에게 장난을 쳤다.

"아 쌤 왜 이제야 왔어요? 좀 더 일찍 왔으면 안전방 더 빨리 탈출할 수 있었는데. 아까 많이 놀랐죠?"

현정 쌤은 "니가 날 걱정할 때냐? 이것보다 더 심한 것도 많이 봐서 괜찮아. 이번에는 친절한 모습 말고 내 섹시한 프로패셔널한 모습을 보여주지"라며 장난을 받아줬다. 소독을 마치고 큰 밴드를 상처 부위에 붙여주셨다. 주치의 선생님은 늘 오후에 얘기 좀 길게 나누자고 하지만 정작 실현되는 건 한두 번뿐이다. 아 모르겠다. 오면 오고 말면 마는 거지.

▷ 기분은 많이 나아졌지만 지금 울라고 하면 당장이라도 그럴 수 있을 것 같다.

▷ 오후가 되었다. 낮잠을 자고 일어났는데 기분이 너무 안 좋았다. 또 울었다. 자느라고 프로그램을 못했다. 일어나니 3시 반 정도 된 것 같다. 너무 힘들어서 간호사 선생님께 신경안정제를 좀 달라고 말씀드렸다. 간호사 선생님은 로비에 있는 소파에 잠깐 앉아 있으라고 하셨다. 나는 내내 우울한 표정으로 앉아 있었다. 탁구를 같이 치던 지혁 쌤이 내 옆으로 와 앉으셨다.

나는 지혁 쌤을 선생님으로서 꽤 좋아하기 때문에 말을 꺼냈다.

"쌤, 저 뭐 하나만 얘기해도 돼요?"

"그럼, 얼마든지."

"요즘 제일 무서운 건 제가 언제 무슨 생각을 해서 어떤 짓을 저지를지 모른다는 거예요. 오늘도 순간적으로 미쳐서 샤프로 팔을 그었어요. 그런데 피가 안 나서 속상했어요. 저 정말 사이코패스 같아요."

"얘기하기 힘들었을 텐데 얘기해줘서 고마워. 지난주에 저기 소파에 앉아서 웃던 다올이 모습이 아직도 아른거려. 엊그저께 내가 다른 곳에 파견 나갔을 때 네가 놀아달라고 했던 게 너무 눈에 밟혔어. '다올이랑 놀아줘야 하는데' 이런 생각을 했다니까? 그런 다올이가 이렇게 힘들어하는 것을 보니 마음이 너무 아프네. 내가 너였어도 많이 혼란스러울 것 같다."

"남들은 학교에 잘만 다니는데 저만 유난 떠는 것 같아요."

"그럴 수 있을 것 같아. 어! 저기 주치의 선생님이다!"

▷ 주치의 선생님이 오셨다. 그다지 반갑지는 않았다. 요즘은 이상하게도 주치의 선생님이 못미덥고 싫다. 주치의 선생님과 강새론 교수님과의 면담이 있었다. 나는 미래에 대한 방황, 아물지 못한 과거의 상처, 기분 변화 및 혼란스러운 내 상태에 대해 말씀드리고, 내가 여기 있는 게 맞는지 모르겠다고도 얘기했다. 기억에 남는 건 약을 조절 중이고 적당한 약을 찾는 데 2~3주 정도 걸리니까 그동안 힘들면 언제든지 얘기하라는 것이었다. 이보다 형식적인 말이 어디 있겠는가.

▷ 면담을 끝내고 답답한 마음에 엄마에게 전화를 걸었다. 엄마에게 자초지종을 말씀드리니 엄마는 내가 다치지 않았으면 좋겠다고 하셨다. 우리 모녀는 전화로 이야기를 주고받으며 울었다. 나는 벽에 기대어 울었다. 엄마는 고생했다며 마음 같아서는 지금 와서 꼭 안아주고 싶다고 하셨다. 엄마는 잘 견뎌보자고, 보고 싶고 사랑한다고 말씀하셨고, 나도 보고 싶다며 전화를 마쳤다.

▷ 전화의 여운으로 침실에 와서도 몇 분 오열을 하다가 지쳐 누웠다. 눈이 아파 손으로 마사지를 하고 있었다.

"다올양!"

주치의 선생님의 부름이다.

"지금은 어때요?"
"괜찮아요."
"일단 조금 진정이 될 수 있게 약을 줄 거예요. 그 약 먹고도 힘들면 꼭 말해주세요. 그리고 힘들 때 다올이 옆에 있는 건 제 의무이고 다올이 권리니까 당당히 누리세요. 언제든지 힘들 때 말해주세요."

주치의 선생님이 갑자기 고맙고 멋있게 느껴졌다. 그동안 내가 너무 힘들어서 즉시 해결책을 주지 못하니 못미덥고 부정적인 감정이 너무 크게 느껴졌나 보다.

▷ 저녁을 먹고 투약까지 마쳤다. 기분은 나아졌다. 간호사 선생님이 반창고를 다시 붙여주셨다.

7월 5일 금요일

▷ 새벽 12시 1분경이다. 기분은 조금 가라앉는다. 어제 저녁 9시에 자서 3시간밖에 못 잤다. 이제 곧 다시 잠을 청하려 한다.

▷ 새벽 3시 반쯤이다. 2시 20분쯤에 한 번, 지금 또 한 번. 벌써 세 번째 깨어나는 것이다. 오늘은 '벌써' 금요일이다. 뭐 특별히 재미있는 일이 없었는데도 월요일부터 시간이 일찍 간 것 같다. 아마 어제와 그제는 우느라 시간이 빨리 지나간 모양이다.

▷ 오늘은 제1학기 2회 정기고사를 치르는 날이다. 수시를 준비하는 학생에게는 필수적인 마지막 관문이다. 지금쯤 얼마나 지치고 긴장되어 있을까. 빨리 시험 기간이 확 지나가 버렸으면 좋겠다.

▷ 내가 '입원'을 한 건지, 매우 좋은 '교도소'에 들어온 건지 모르겠다. 환자끼리는 퇴원을 '출소'라 부른다. 그리고 나갈 때는 부모님께 두부를 사와 달라고 부탁하라며 장난을 친다. 나도 '출소'라는 걸 해보고 싶다. ㅎㅎㅎ

▷ 새벽 5시 반경이다. 3시 반 이후로도 한 번 더 깨어났다. 하룻밤 사이에 네 번을 깨어난 것이다.

▷ 입원한 지 2주가 지나가고 있다. 병원에 입원해서 변화된 점은 첫째, 불안이 훨씬 덜하다는 것이다. 둘째, 이곳에서 지내면서 그동안 잃어버렸던 웃음을 다시 찾은 것이다. 하지만 아직도 고쳐야 할 것이 남아 있다. 먼저, 타인과의 대화에서 눈 맞추기, 둘째, 다른 사람 눈치 지나치게 보지 않기, 셋째, 사람들이 많은 공간에서 숨 막히지 않기. (이는 꾸준한 상담과 투약을 통해 서서히 극복될 문제들일 것이니 큰 걱정은 없다.)

엊그제 일이 터져서 퇴원 날짜가 더 길어질지는 모르겠다. 일단, 지금 내 기분은 개운하면서도 졸리고, 괜찮으면서도 우울하다.

▷ 점심 식사를 마쳤다. 오전에 약을 먹고 침대에 쭈그려 앉아 또 울었다. 어제 내가 정말 힘들었던 게 떠오르기도 했고, 팔에 난 상처가 안 쓰러웠다. 오전 프로그램 전에 나는 자고 있었다. 깊은 잠은 아니고 선잠을 자고 있는데 주치의 선생님이 깨우셨다.

"다 왔양~"

"네."

"오늘은 기분이 어때요? 처지나요?"

"어제보다는 나은데 처지긴 해요."

"조금 이따가 심리검사가 있을 거예요. 지금 하고 싶으면 지금 하고 나중에 하고 싶으면 나중에 해도 돼요. 어떻게 하는 게 좋을까요?"

"지금 할게요."

심리검사란 본래 꽤 복잡한 것이다. 그래서 귀찮다. 하지만 병원에서 꼭 하기를 권장한다니 해야지, 뭐. 할 일도 없는데 잘 됐다.

▷ 오전 심리검사를 마치고 왔다. 블록으로 그림에 있는 모양 따라 쌓기, 규칙 찾기, 암기력 테스트, 상식 퀴즈, 암호 베껴 쓰기 등을 진행했다. 너무 어려운데 졸렸다. 티가 났을지도 모른다. 심리검사 선생님께는 죄송하지만, 그냥 자고 싶은 마음밖에 없었다.

면담 식의 검사를 마무리하고 개인 설문조사를 통한 검사를 했다. 학교에서도 했던 '다면적 인성 검사'와 '청소년 행동 평가 척도'의 개인조사를 하고 있는 중에 주치의 선생님이 오셔서 면담을 진행했다. 이야기는 매우 형식적이고 보편적이었다.

"지금 기분은 어때요?"

"별로 안 좋아요."

"0에서 10까지 숫자로 나타낸다면, 어느 정도로 우울한가요?"

"8 정도 되는 것 같아요."

"기분은 계속 왔다 갔다 하고요?"

"네."

"저희는 다올양의 상태에 대해, 그리고 어떻게 하면 더 빨리 나을 수 있는지 계속 상의하고 결정하고 있어요. 아마 약이 더 증량되고 바뀔 거예요."

"네."

"혹시 저에게 불편한 점이나 대화에서 제가 실수했던 적이 있나요?"

(내가 선생님을 미덥지 못하게 생각한다는 걸 느꼈나 보다. 눈치가 매우 빠르신 것 같다.)

"아니에요."

"매일 오후에 길게 얘기를 나누자고 했는데 정작 그러지 않아서 섭섭하지는 않았어요?"

"네, 그런 건 없었어요."

(흠… 본인도 자신이 그런다는 걸 알고 찔리는 게 있었나 보다.)

"더 하고 싶은 말은 없어요?"

"네, 감사합니다."

정신과 의사여서 그런지 정말 세심하고 눈치가 빠른 것 같다. 그동안 쌓인 불만이 있어서 잠깐 삐쳤던 터라 어린애처럼 대답도 건성건성했나 보다. 선생님도 내 대답이 조금 달라진 걸 느끼고 이렇게 물어보신 것 같기도 하다. 요즘은 주치의 선생님보다 간호사 선생님과 더 친해졌고, 더 믿음직한 것 같다.

▷ 해은, 채원이 언니와 수다를 떨었다. 우리 셋은 같은 방을 쓰면서 급속도로 친해졌다. 이렇게 병동 3인방이 탄생한 것이다. 울 때 서로 달래주고, 무겁지만 진솔한 속마음도 털어놓고 장난도 치면서 서로 의지를 많이 하는 것 같다. 힘든 병동 생활에 언니들이 있어서 얼마나 다행인지 모르겠다.

7월 6일 토요일

▷ 새벽 5시경이다. 오늘은 꽤 여러 번 깨어났다. 5~6번 정도 깨어나 뒤척이다가 밖에 나가 시계를 보면서 시간을 보냈다. 지금 기분은 살짝 불안하고 긴장되면서 조금 우울하다.

▷ 수요일에 생긴 자해 상처를 만져보았다. 아프다. 살이 지진에 의해 두 개로 나뉘어 있었고, 그 경계선은 붉은 딱지와 함께 부어 올라와 있었다. 원래 자해를 했기 때문에 모든 필기구를 빼앗겼는데, 내가 지금 일기를 쓸 수 있는 건 민준이가 펜을 하나 주었고, 프로그램을 하다가 몰래 볼펜 하나를 슬쩍 챙겨 온 덕분이다. 이마저도 들키면 한동안 일기 쓰는 것이 힘들어질지도 모른다. 비밀 요원이 조심스럽게 편지를 쓰듯 나도 들키지 않게 눈치를 보며 일기를 쓰고 있다.

▷ 엄마는 병동에서도 그리고 '출소'해서도 내가 제일 편한 대로 하라고 하신다. 하지만 이곳 병동에 와서 정말 맘 편히 지낸 날은 3~4일에 불과하다. 원래는 아침만 되면 불안하고 긴장이 되어서 심장이 빨리 뛰었는데, 지금은 그런 경우는 거의 드물다. 하지만 자다가 자꾸 깨어나는 것도 불편하고, 환자 가운데 나와 꼭 맞는 사람이 없어 외롭다. (하긴, 여기뿐 아니라 어디에서도 모든 면에서 나와 꼭 맞는 사람을 찾기는 매우 힘들지.)

가족들의 품을 떠나 혼자 지내는 것에서 생긴 외로움 때문에 우울해진 적도 있다. 그래서 요즘은 병동에서 지내는 게 과연 도움이 될지조차 헷갈린다. 생각이 너무 많아서 그렇다. 병원에서는 약도 조절하고 면담을 수시로 해주면서 내 병이 생긴 원인을 찾아가는 나만을 위한 프로젝트를 진행 중이다. 하지만 너무나 외롭고 왠지 모를 우울감에 시달리고 있다. 아무리 얘기해도 약을 조절하는 중이라고 하지만 정작 약에는 변화가 없는 것처럼 느껴진다. 미래에 대한 방황, 현재 나의 상태, 과거의 상처. 이 모든 것들이 내게 한번에 몰아닥쳐 나를 힘들게 한다. 하루하루 버티는 게 힘들고 아침이 싫은 나날들이다.

▷ 김하윤. 만 열여섯 살. 새로 들어온 환자다. 이번이 처음은 아닌 것 같다. 이 친구는 손등부터 팔까지 온통 자해 상처투성이다. 꿰맨 자국도 길게 나 있다. 어떤 이유에서인지 모르겠지만 안쓰러웠다. 입맛이 없다며 밥도 잘 못 먹는다. 내가 언니인데 아직 잘 챙겨주지 못했다. 소연이처

럼 일찍 퇴원하지 않았으면 좋겠다.

▷ 로비에서는 한창 노래방을 진행 중이다. 지금은 서현이 이모가 '인연'을 부르고 계신다. 서현이 이모는 여러모로 복잡한 분이다. 첫째, 우울증으로 입원한 환자다. 그런데 말이 너무 많다. 프로그램을 할 때도 툭하면 자신의 이야기를 해서 진행자들이 제지시킬 정도다. 목소리도 크고 웃는 소리도 크다. 탁구도 치고, 노래도 잘한다고 하면서 수시로 노래를 부른다. 도저히 우울증 증세라고는 찾아볼 수가 없다.

둘째도, 셋째도, 넷째도 말이 너무 많다. 가끔은 정말 죄송하지만 시끄럽고 말을 그만해 주셨으면 하는 바람이 있다. 나를 좋아해서 내 옆에 앉아 수다를 떨고, 심지어는 가끔 탁구도 같이 쳐 드려야 할 때도 있다. 감당이 되질 않는다.

▷ 오늘도 여지없이 울었다. 투약을 마치고 침대에 앉았는데 갑자기 안 좋은, 불쾌하고 우울한 기분이 올라왔다. 어떤 책에서 읽었는데 '생각이 감정을 지배할 때도 있지만 반대로 감정이 생각을 지배하기도 한다'라고 했다. 기분이 좋지 않으니 당연히 좋은 생각이 들 리가 없다. 내가 이 병동에 입원한 게 과연 옳은 선택일까? 얼마 전에는 왜 팔에 상처를 냈을까? 지금처럼 나중에 보면 안타까워하고 마음 아파할 거면서…. 나는 또 어떤 짓을 하게 될까. 혼자 화장실에서 느낀 죽음의 공포와 그 뒤로도 멈추지 못한 자해 행위, 그리고 아물지 못한 상처. 언제 어떤 상태

가 될지 모르는 기약 없는 대기… 이 모든 것들이 나를 힘들게 했고, 해소할 수 있는 방법은 울음밖에 없었다. 울다가 엄마가 떠올라 속으로 '엄마, 살려주세요'라고 몇 번이나 되뇌었던 것 같다.

▷ 저녁 8시경이다. 아침에 울고 안전방에 갔었다. 안전방에서 안정을 취하다가 주치의 선생님이 오셔서 여러 얘기를 하셨다. 이번에도 약은 조절 중이다, 힘든 일이 있으면 언제든지 말해라, 오후에 더 길게 얘기하자 등 형식적이고 반복적인 말들만 오갔다. 더 이상의 형식적인 대화는 싫고 그런 대화를 주도하는 선생님도 밉다.

오늘 아침에 세수를 하고 머리를 빗고 있었는데 갑자기 인기척도 없이 주치의 선생님이 불쑥 들어오셨다. 노크를 조금 해주시지.

"다올양."

"오 깜짝이야."

"(웃음) 미안해요. 기분은 어때요?"

"별로 안 좋아요."

"음, 자는 건 잘 잤고요?"

"네, 근데 중간에 다섯 번 깨어났어요."

"혹시 지금 저랑 대화하는 게 불안한가요?"

"네."

"왜인지 말해줄 수 있어요?"

"…아뇨."

선생님의 이야기를 다 흘려들었다. 그 말이 그 말 같은 내용의 반복 같아서였다.

▷ 저녁에 혈압을 또 측정했다. 정상 수치는 80 이상 120 이하[15]인데, 첫 번째 측정에서는 최대가 88, 최소가 61이 나왔다. 두 번째 측정에서는 최대가 91, 최소가 66 정도 나왔다. 간호사 선생님들은 내가 혈압이 낮은 편이라고 하고는 어지럽지 않냐고 물어보셨다. 다행히 이렇게 어지러운 것이 엄살이 아니었다.

▷ 내일 엄마와 가족이 면회를 하러 온다. 김밥과 양념치킨을 사가지고 오기로 했다. 엄마한테 자해 상처를 또 보여줘야 할 것을 생각하면 죄송스럽다. 이번 주는 면회를 두 번밖에 하지 못했지만 다음 주에는 주 3회로 바꿀 수 있는지 여쭤보고 상의해야겠다.

▷ 이렇게 길고 긴, 고통스러운 하루가 끝났다. 오늘도 수고했어!

7월 7일 일요일

(두 번째 면회!)

▷ 오늘은 12시에 면회가 있다. 지금은 새벽 5시다. 오늘도 꽤 여러 번 깨어났다. 네다섯 번. 거의 한 시간 간격으로 깨어난 것 같다. 기분은… 뭐 그렇게 좋지도, 나쁘지도 않은 것 같다.

▷ 아까 금방 어떤 남자 환자가 매우 크게 소리를 질렀다. 매우 놀랐다. 보호사 선생님은 우리 방에 있는 강○○님이 소리를 지른 것이라 확신하고 우리 방에 와서 "강○○ 씨, 소리 그만 지르시라고요"라고 했다. 나는 그 소리가 우리 방에서 난 소리가 아니라고 알려줬다. 보호사 선생님은 민망해하면서 나갔다.^^

▷ 어제 꿈에서 나를 독촉하는 엄마가 나왔다. 사회 학원을 다니는데 왜 점수가 이 모양이냐는 것이었다. 이제는 공부에 대한 압박도 없

는데, 아직도 이런 꿈을 꾸는 것을 보면 아직도 불안감이 내재되어 있나 보다.

▷ 오후 4시경이다. 가족과의 면회를 마쳤다. 오늘 엄마를 보는데, 조금 불안했다. 예전의 눈치 보기와 긴장이 되살아났던 모양이다. 내가 보기에 엄마는 꽤 조급해 보였다. 나보고 마음을 편히 가지라고, 시간은 얼마나 걸려도 좋으니 다양한 경험을 하며 정말 내가 하고 싶은 일을 찾으라고는 하시는데, 빠르게 하는 말투를 보니 왠지 엄마가 조급한 것처럼 여겨져 엄마 눈치가 보였다. 그래도 오랜만에 집밥(김밥)도 먹고, 치킨, 불가리스, 경주 빵도 배터지게 먹었다.

▷ 영어학원 선생님이 책을 주셨다. 이번 주 내로 읽을 생각이다.

▷ 주치의 선생님과의 면담이 있었다. 고등학교 1학년 때 친구들에게 받은 상처를 처음 얘기했다. 가장 기억에 남는 건 요즘 내가 낮에 잠도 많이 자고 자꾸 축 늘어지니까 나를 더 자주 찾아오겠다는 것이었다. 자주 오겠다고 해놓고는 한번도 오지 않으면서. 흥!

▷ 지금 기분은 불쾌하고 안 좋다.

▷ 오후 8시경이다. 6시 반부터 도윤이 삼촌과 탁구를 쳤다. 조금 지치고 허리가 아프다.

▷ 방금 큰일이 있었다. 민철이가 자신이 보고 싶은 채널을 못 보게 되자 방에 들어가 크게 소리를 지르고 민준이 팔을 문 것이다. 상황이 너무 심각해 간호사 선생님이 안전요원까지 호출했다. 안전요원은 두 명이 왔는데, 작은 꼬마애가 대상이라니 조금 놀란 눈치였다. 어르신 환자들도 꼬마애의 행동에 혀를 내둘렀다. 나도 처음엔 민철이를 좋아하고 귀여워했지만, 자꾸 이기적인 행동을 하고, 발길질을 하는 경우도 있어 "야, 작작 하라고!" 하며 정색을 한 적도 있다.

▷ 지금 기분은 좋은 편이다. 아마 운동을 해서 그런 듯하다. 내일 아침에는 생리 때문에 샤워를 해야 한다. 내일부터는 <개미>와 영어학원 선생님이 주신 책을 읽어볼 생각이다.

▷ 그러고 보니 내일은 또 전체 회진이다. 내 스트레스 요인 중 하나다. 뭐하러 그렇게 단체로 무리 지어 다니는지 도무지 이해가 되지 않는다. 그래도 실습생들도 오고 프로그램도 하니까 무료하진 않을 수 있다. 또, 남들은 시험을 보는데 나는 그러지 않으니까 좋기도 하다.

제 4 장

2019년 7월 둘째 주
주치의 쌤에게 하트를

7월 8일 월요일

▷ 새벽 5시 10분이다. 오늘 새벽에는 대여섯 번 정도 깨어났다. 기억이 잘 나진 않지만 누군가에게 쫓기는 악몽을 꾸었다. 지금 기분은 안 좋다. 어제 너무 많이 먹은 것이 소화가 덜 되어 배가 더부룩한 느낌이다. 아침을 조금만 먹고 대변을 봐야겠다.

▷ 점심을 먹었다. 오늘 민준이의 기분이 너무 안 좋아 보였다. 점심을 먹기 전에 민준이에게 무슨 일이 있냐고 물었다. 사랑의 시련을 겪는 열여섯 살 사내의 이야기다. 우선, 지금은 개방 병동으로 옮겨갔지만 폐쇄병동에 '수연이'라는 여자아이가 있었나 보다. 민준이와 준이 모두 수연이를 좋아한다. 특히 민준이는 매일 밤 꿈에 수연이를 볼 정도이고, 수연이만 보면 귀가 빨개진다며 유독 좋아했다. 하지만 수연이는 준이에게만 연락처를 주고 민준이에게는 주지 않았다. 어렸을 때도 비슷한 경

험이 많았던 민준이는 또 낙심을 했고, 이럴 거면 차라리 죽고 싶다고도 했다. 또 부모님과 면회를 할 때는 민준이가 힘든 걸 몰라주고 다짜고짜 수행평가 얘기만 꺼내 더 서러웠다고 한다.

내가 보기엔 그저 어린아이들의 사랑놀이다. 하지만 나도 민준이 나이에 민준이와 같은 상황이라면 충분히 힘들 수 있을 것 같다. 이해되고 공감한다. 어떻게 위로를 해줘야 할지 몰라서 "늘 웃고 있는 민준이에게 이렇게 어두운 면이 있는지 몰랐네, 그동안 너무 고생했다"라고 말해줬다.

▷ 이번엔 하윤이가 민준이를 좋아한다. (우리 10대들은 병동에서도 할 짓들은 다 하는 것 같다^^) 하지만 하윤이가 자꾸 민준이에게 수연이를 잊고 자신과 사귀면 안 되냐고 하는 바람에 민준이는 하윤이 꼴도 보기 싫다고 한다. 하지만 하윤이가 상처를 받을까 봐 수락도, 거절도 못하고 있는 상태다.

> "일단 하윤이 생각은 덜자. 네가 생각해야 할 게 너무 많잖아. 오히려 네가 이도 저도 아니게 대처하면 하윤이가 더 혼란스러울 수 있어. 네가 편한 게 먼저니까 하윤이한테 확실히 선을 그어."

내가 제안, 아니, 조언이랍시고 말한 내용이다. 다행히 민준이는 생각보다 성숙한 아이였다. 기분 전환을 위해 애쓰는 게 보였다. 누나로

서 나도 돕고 싶은데 어떻게 해줄 방법이 없어 미안하고 민준이가 안
타까웠다.

7월 9일 화요일

▷ 새벽 5시 10분경이다. 오늘은 악몽을 두 번이나 꾸었고, 세 번 정
도 깨어났다. 악몽은 내가 쫓기는 꿈이었다.

▷ 오늘 학교에서는 기말고사가 끝난다. (나중에 담임선생님께 전
화를 드려야겠다.) 수시를 준비하는 친구들은 오늘이 매우 후련할 것
이다. 나도 그럴 줄 알았는데. 엄마는 이전의 길을 다 잊어버리고 새로
운 다올이로, 새로운 길을 가자고 말씀하신다. 내 상황에서 이 말은 무
조건 옳다. 다 맞는 말이고 나도 그 말이 가장 위로가 된다. 하지만 두렵
다. 남들과 다른 거친 길을 개척해 나아가야 한다는 게 말이다. 왜 이런
가혹한 운명이 나에게 주어진 것일까. 마음은 자꾸만 조급해지고 억울
하고 원망스럽다.

▷ 지금까지 내 상태를 정리해보고 싶다. 불안은 눈에 띄게 줄어들었지만 아직 우울증의 잔해는 남아있다. 아직도 사람이 많으면 숨이 막히고 무섭다. 얼마 전에 연달아 두 번 자해를 했으니, 퇴원이 그리 빨리 되지는 않을 것 같다. 퇴원을 하면 엄마랑 옷도 사고, 여행도 가고 싶다. 저번에 작은이모네와 여행을 갔을 때는 거의 안 웃었는데, 이제는 많이 밝아졌으니 그동안 즐기지 못했던 것, 그동안 먹지 못했던 것 등 모든 것을 누리고 싶다.

▷ 오늘 점심때 엄마와의 면회가 있다. 누구와 올지는 모르겠지만 저번처럼 불안하고 불편한 분위기는 아니었으면 한다. 오늘부터는 산책도 풀렸는데, 비가 안 왔으면 좋겠다. 제발….

▷ 새벽 감성에 젖어 일기를 쓰는 오늘은 '지현'이라는 친구의 이야기를 해보려고 한다. 우선 지현이는, 먹을 것을 너무너무 너무 좋아한다. 현관문에서 '띵동' 소리가 나면 무조건 "식사 왔다!"라고 외친다. 그리고 돌아다니면서 환자들에게 과자나 간식이 있냐고 물어본다. 간식이 있다면 줄 때까지 반복해서 줄 수 있냐고 물어보고, 간식이 없다면 빤히 쳐다보고 그냥 휑하니 지나간다. 나이는 나와 동갑이다. 늘 바지가 흘러내려 있어서 팬티와 엉덩이가 보인 적도 많다. 내가 더 민망하고 부끄럽다. 남자 보호사 선생님과 남자 간호사 선생님, 도윤이 삼촌은 아무렇지 않게 바지를 올리라고 한다. 하지만 뜬금없이 심한 욕도 한다. 도윤이 삼

촌의 경우도 그랬다. 지현이는 그런 아이이다.

▷ 오후 3시경이다. 아침 일찍 주치의 선생님과 면담을 했다. 별다른 내용이 없어서 기억이 잘 안 난다. 그래도 분명히 기억에 남는 에피소드가 있다. 내가 요즘 밥을 잘 먹는다고 하니, 주치의 선생님이 "그래도 체중 변화는 크지 않네요"라고 하셨다. 나는 놀랐다. "선생님이 제 체중도 알아요?"하고 물으니 주치의 선생님이 크게 웃으셨다. "이상한 곳에 안 쓸 거예요." 우리 둘은 웃으며 상담을 마쳤다.

내 진로에 관한 이야기도 했다. 내가 관광공사와 언어심리학 쪽으로 생각하고 있는 걸 말씀드리기 부끄러워서 끝까지 얘기하지 않으니 주치의 선생님이 또 웃으셨다. 주치의 선생님과 면담을 하면 장난도 치게 되고 웃게 되기도 하는 것 같다.

오전 산책을 나갔다. 왕복 30분도 채 안 되는 짧은 산책이었지만 오랜만에 건물 밖에 나오는 자유를 만끽했다. 날씨는 바람이 불고 흐려서 조금 추웠다. 그래도 수간호사님과 간단한 대화를 나눌 수 있어 좋았다.

▷ 오늘 점심에는 면회가 있었다. 이젠 면회도 일주일에 다섯 번까지 가능하다. 김밥에 고르곤졸라, 복숭아, 초콜릿 라떼 아이스를 배불리 먹었다. 늘 아쉬운 한 시간 동안의 만남이지만 금방 또 만날 수 있으니 정말 좋다.

▷ 면회를 마치고 로비에서 음악을 들었다. 듣다가 눈이 스르르 감기기 시작해서 방에 돌아와 한 시간 반 동안 잠을 잤다. 집단 치료가 이미 진행 중이고 마무리되어 가는 것 같다. 영어학원 쌤이 주신 책을 펼쳐 읽고 있는데 주치의 선생님이 오셨다.

"다올양, 기분은 어때요?"

"졸려요."

"아까는 로비에도 나왔던데, 밖에 나갈까요?"

"(격하게) 아니에요!"

"책은 집중돼요?"

"네."

"진짜 집중되는 거 맞아요?" (둘 다 웃음)

"알겠습니다."(주치의 선생님)

▷ 주치의 선생님께 여쭤볼 게 몇 가지 있다. 잊기 전에 미리 적어놓아야겠다.

1. 면회 시 담임선생님과 친구를 만날 수는 없는가?
2. 언제쯤 펜과 이어폰을 내 마음대로 쓸 수 있는가?

▷ 지금쯤 친구들은 신나게 놀고 있을 것이다. 왜 나는 보통 친구들

과 다를까? 왜 혼자 유난을 떠는 걸까? 나도 친구들과 놀고 싶고 친구
늘이 보고 싶다. 이런 생각을 하니 또 우울해진다. 나도 제발 평범해졌
으면 좋겠다.

▷ 오늘도 민철이가 TV 채널 문제로 일을 벌렸다. 대부분 드라마를
보고 싶어 하는데 민철이는 혼자 뉴스를 보겠다며 리모컨을 가지고 내
놓지를 않았다. 민준이가 보호사 선생님께 일렀고, 민철이는 매서운 눈
빛으로 민준이를 때리려다가 안전방으로 가게 되었다. 덕분에 일일연속
극 '여름아, 부탁해'를 볼 수 있었다.

▷ 오늘 하루는 꽤 즐겁게 보냈다. 꼬일 대로 꼬인 내 인생에 좌절감
도 들었지만 엄마와 주치의 선생님이 계시고, 탁구를 치거나 일부러 말
을 하는 등 나 자신의 노력으로 그 우울감을 이겨낼 수 있었다.

▷ 오늘은 주치의 선생님이 매우 고맙고 멋있어 보였다. 진솔하고 정
직하며 묵묵히 일을 수행하신다. 처음으로 계속 이야기를 나누었으면
하는 마음이 들었다. 계속 쳐다보게 되기도 했다. 역시 기분이 좋으면 세
상 모든 것이 좋게 보이고 기분이 나쁘면 세상 모든 것이 나쁘게 보이는
법이다. 기분이 좋은 오늘은 주치의 선생님과 나누는 모든 이야기가 의
미 있었고 흥미로웠다. 큰일이다. 내가 점점 선생님을 좋아하게 되는 것
같다. 누군가를 좋아하는 건 처음이라 기분이 이상하다.

▷ 한동안 변비로 고생했는데 요즘은 설사가 문제다. 방귀만 뀌어도 설사가 나올 것 같아 불편하다. 차가운 음료를 너무 많이 먹어서 그런지 배가 사르르 아파오기 시작한다. 이제는 저녁 식후 약 대신 자기 전 약으로 바뀌고 증량되어 8시 반부터 졸리지는 않는다. 예전에는 6시부터 약을 먹어 8시 반부터 졸렸는데, 이제는 9시에 약을 먹기 때문이다. 9시가 넘으니 슬슬 잠이 온다. 제발 제발 제발 내일은 주치의 선생님을 좋아하지 않기를.

7월 10일 수요일

▷ 6시 15분경이다. 어제 저녁 9시에 잠이 들어 중간에 한 번 깨어난 것빼고는 잘 잤다. 병원이 익숙해지기 시작했나 보다. 생리 기간이라 아침에도 샤워를 하려 한다. 처음에는 귀찮았는데 막상 하다 보니 개운하기도 하고 기분도 좋아진다. 아까도 씻고 나왔는데 기분이 상쾌하고 맑아지는 것 같다. (아무래도 가장 좋은 건 시간을 때울 수 있다는 것이다^^) 참고로 샤워실은 오전 6시~8시, 저녁 6~8시에만 사용할 수 있고, 안에서 어떤 일이 일어날지 모르기 때문에 잠글 수 없게 되어 있다. 그래도 안에서도, 밖에서도 문을 닫을 수는 있게 만들어 놓았다. 화장실도 마찬가지다. 문을 잠글 수는 없지만, 안에서도 밖에서도 문을 열거나 닫을 수 있다.

▷ 점심식사를 마쳤다. 오전에 잠깐 탁구를 치고 자치회의를 한 것빼고는 잠만 잤다. 계속 졸렸다. 자치회의를 할 때 민준이가 자꾸 진행자로 나를 추천하는 바람에 뜻하지 않게 진행을 맡게 됐다. 솔직히 내가 생각해도 만족스럽게 진행한 것 같다^^ 우선 나는 각 발표자의 내용을 정리, 요약해서 다른 참석자들에게 다시 알려줬고, 모든 참석자에게 추천을 받고 모든 참석자들을 엎드리게 한 뒤, 거수로 1위는 진행, 2위는 서기

115

를 맡도록 했다. 조금 독재적이기는 했지만, 모든 참석자가 내 진행을 입을 모아 칭찬해주었다. 너무 뿌듯했다. 이번 주 주제는 '긍정적으로 생활하는 방법'이었다. 나는 '아무리 삶이 힘들어도, 사소한 것에서 감사하는 것을 찾아 감사 일기를 쓰는 것'을 의견으로 냈다.

▷ 자치회의를 하기 전, 주치의 선생님과 재미있는 일이 있었다. 아침을 먹고 너무 졸려서 자고 있는데 주치의 선생님이 나를 깨우면서 9시가 넘었으니 이제는 밖에 나오라고 하셨다. 아마도 내가 너무 졸린 나머지 잠투정을 조금 한 것 같다. 나오기로 약속을 했지만 선생님이 돌아서자마자 나는 다시 누웠다. 그런데 갑자기 선생님이 다시 등을 돌려 나를 보고는 "딱 걸렸네요"라며 웃으셨다. 나도 민망해서 같이 웃었고, 이번에는 진짜 밖으로 나갔다. 즐겁기는 하지만 선생님과 추억을 쌓는 게 두렵다.

▷ 주치의 선생님과의 면담이 또 있었다. 신나게 자고 있는데 선생님이 나를 깨우셨다. (하긴, 오전에도 자고 오후에도 또 자니 깨우는 게 당연하다.) 이처럼 민망할 데가 없다. 자고 있는 내 모습의 추함을 감히 예측할 수 없다.

선생님은 많이 졸리냐고 물어보셨고 나는 그렇다고 답했다. 진로에 대한 이야기도 잠깐 나누었는데, 선생님은 관심 있는 분야가 어느 쪽이냐고 물어보셨다. 지금 내가 꿈꾸는 것은 관광공사 아니면 심리학 쪽이다. 전자는 선생님도 알고 계셨다. 후자는 말씀드리기가 아직은 쑥스럽다.

내 수면시간과 기분 변화 등에 대한 질문도 오고 갔다. 마침내 내가 입을 열 차례였다. 담임선생님과의 면회 여부다. 주치의 선생님은 상의 결과 목요일과 금요일을 아무 탈 없이 잘 지낸다면 주말에 한 번 4시간 정도 엄마와 담임선생님과 외출을 할 수 있다는 결론이 나왔다고 하셨다! 물론 전제는 앞으로 이틀 동안 잘 지내야 하고 담임 쌤과의 시간 조정도 되어야 한다는 것이다. 그래도 20여일 만의 외출, 바깥 공기를 쐴 수 있는 기회가 주어진 것이다! 5시경에 전화를 드려야겠다.

▷ 오늘도 주치의 선생님께 반했다. 상담할 때 내 기분이 좋으면 우리는 거의 계속 웃고 장난을 친다. 주치의 선생님은 내 이상형에 가장 가까운 사람이다. 아니, 완전한 내 이상형이다. 키는 170 초반에, 얼굴은 그만하면 귀엽게 생겼다. (참고로 나는 얼굴은 안 본다.) 손이 예쁘고 (내가 손이 못 생겨서 손이 예쁜 남자를 좋아한다^^ 내 특이한 점이다.) 인성은 너무나 좋다. 게다가 능력도 뛰어나다. (내 눈이 정말 높은 것 같다.)

▷ 자해를 해서 빼앗긴 펜과 이어폰을 쓰기에는 아직 이른가 보다. 주치의 선생님을 믿을 수밖에. 그래도 병동에서의 힘든 나날에 활력소가 되는 존재가 있어 고맙다. 부끄러워서 눈도 못 마주친다. 특히 선생님이 변은 잘 보냐고 물어보실 때는 더 부끄럽고 민망하다. 선생님은 웃으면서 생리현상이니 부끄러워하지 말고 잘 얘기해줘야 약도 잘 처방해줄 수 있다고는 하지만 여전히 쑥스럽다.

▷ 점심을 먹고 나서 먹는 소보루빵과 아이스 초코라테. 생각만 해도 나를 기분 좋게 하는 단어들이다. ^^

▷ 담임 쌤과의 면회가 성사되었다! 외출은 토요일 오후 4시부터 8시까지다. 일요일에도 외출이 있다.

▷ 또 설사가 문제다. 남자 간호사 선생님^(정우 쌤)이 변비약을 주면서 "혹시 설사하는 건 아니지?"라고 물어보셨다. 나는 며칠째 설사를 하고 있고, 그래서 방귀를 뀌다가 설사가 나오는 건 아닌가 싶어 늘 전전긍긍하고 있던 터라 설사를 한다고 답했다.

"오늘이 처음인 거지?"
"아니에요."

이제는 변비약을 먹지 않을 것 같다.

▷ 오늘은 대체로 기분이 좋았다. 내일, 모레는 잠을 줄이고 기분을 유지하고 싶다.

주치의 쌤에게 하트를~

7월 11일 목요일
(입원 3주차!)

▷ 오전 6시 40분경이다. 새벽 4시 20분경에 깨어난 것 빼고는 매우 잘 잤다. 아침부터 배가 너무 고프다. 병동에 들어와서 입맛 하나는 기가 막히게 좋아졌다. 오늘 점심에 엄마와 면회를 하면서 소보루빵과 아이스 초코라테를 먹을 생각을 하니 벌써 기분이 좋다.

▷ 산책을 나갔다. 30분도 채 안 되는 짧은 시간이지만 주치의 선생님과 함께 잠깐이나마 바깥 공기를 쐴 수 있어서 좋았다. 남동생들이 운동하는 모습을 보니 나도 활력을 얻을 수 있었던 것 같다.

▷ 오후 6시 반경이다. 오전 프로그램으로 에그 토스트를 만들고 12시부터 가족과 면회를 했다. 김밥과 콩나물, 김치, 돼지고기, 양념치킨을 골고루 먹고 1층의 카페에 가서 소보루빵과 초코라테를 먹었더니 배

가 터질 것 같았다. 오전에 한 사회복지사 선생님이 오후 4시경에 면담을 신청했다. 복지사 선생님이 30분이나 늦어 화가 났지만, 힘들었던 과거를 이야기할 때 함께 울어준 사람이 엄마를 제외하고는 처음이라 너무 고마웠다. 하지만 과거의 힘든 기억을 떠올리려니 고통스럽기도 했다.

▷ 사회복지사 선생님과의 면담을 마치고 무거운 마음으로 침실에 들어왔다. 기분 전환을 위해 예전에 계획했던 과자 파티를 해은이 언니와 하다가 중간에 지현이가 우리 과자를 빼앗아 먹어 지현이도 합류하게 되었다. (과자가 너무 많아 배가 부르기도 했다.) 나는 오전에 만든 에그토스트 두 개와 에이스, 해은이 언니는 홈런볼과 건빵을 사서 본전을 뽑겠다는 마음으로 먹었다. 하지만 막상 먹다 보니 배가 너무 불렀다. 아직도 소화가 되지 않는다. 해은이 언니와 걷기 운동을 하기로 했다.

▷ 오후 7시경이다. 나는 일기를 쓰려고 앉아 있고 해은이 언니는 책을 읽고 있었다. 현정 쌤이 오셔서 내 상태를 물어보셨다. 그때 나는 한창 기분이 가라앉을 때라 기분이 안 좋다고 말하며 책상에 머리를 박고 싶다고 말했다. 현정 쌤이 가고 나서 해은이 언니가 "나는 평범하고 싶은데"라며 울기 시작했다. 그 얘기를 듣고 나도 울음보가 터졌다. 엊그제 나도 같은 생각을 했었다. 감정이 점차 고조되기 시작했고, 나는 화장실 세 번째 칸으로 갔다. 들키지 않고 마음껏 울기 위해서였다. 우는 동안 내 머릿속에는 온통 자해 생각으로 가득했다.

자해는 하고 싶은데 엄마 생각이 나서 자꾸 멈칫했다. 하지만 충동이 먼저였다. 기대어 앉은 대리석 벽에 힘껏 머리를 대여섯 번 박았다. 박을 때마다 '쿵' 소리가 났다. 소리가 꽤 크게 났나 보다. 로비에 있던 현정 쌤과 민준이가 소리를 들었다. 현정 쌤이 내가 있는 화장실 칸으로 와서 문을 열더니 머리를 박았냐며 네 번이나 물어보셨다. 나는 안전방으로 가기 싫어 끝끝내 부정했다. 나는 화장실에서 끌려 나왔고, 8시에 먹는 약을 7시 반으로 앞당겨 먹었다. 침대에 누웠는데 머리가 지끈지끈 아파왔다. 몰래 이어폰과 mp4를 가져와 침대에서 이불을 덮어쓰고 노래를 듣고 있었는데 주치의 선생님이 오셔서 정말 괜찮은지 물어보셨다. 나는 괜찮다며 피곤한 하루를 마무리했다.

7월 12일 금요일

▷ 오전 6시 반경이다. 새벽에 한 번 깨어났다. 공부를 독촉하는 꿈을 꾼 것 빼고는 꽤 잘 잤다. 아침에 샤워도 해서 개운하다. 새로운 하루가 시작된 것 같은 느낌이었다. 다만, 어제 과자를 너무 많이 먹어 속이 더부룩해서 찌뿌드드하다. 어제 머리를 박은 것도 이제는 괜찮다. 인간의 신체란 쉽게 다치지 않고 쉽게 죽지 않도록 설계된 모양이다.

▷ 입원한 지 3주 차에 접어들기 시작했다. 어제를 보면 아직도 우울감이 충분히 남아 있고, 전체 회진 때 눈도 못 마주치고 말도 거의 못 하는 것을 보면 아직 갈 길이 많이 남은 것 같다. 하지만 더 직접적인 문제는 나와 정서적 교감을 나눴던 사람들이 하나둘씩 퇴원을 하고 있다는 것이다. 채원이 언니, 승민이, 주현이 언니에 이어 이제는 해은이 언니마저 퇴원 명단에 오른 것 같다. 2박 3일 동안 외박을 하는 것을 보니

말이다.

　잠깐 설명을 하자면 이곳 병동에서는 퇴원을 하는 6단계의 절차가 있다. 꽤 유동적이긴 하지만, 보편적인 단계다.

　가족과의 통화 ⇒ 산책 ⇒ 면회^(병원 내) ⇒ 면회 산책^(병동 주변 산책 가능) ⇒ 외출 ⇒ 1박 2일 외박 ⇒ 2박 3일 외박 ⇒ 퇴원

　따라서 2박 3일 외박은 조만간 퇴원을 한다는 의미다.

　▷ 게다가 다음 주부터는 실습생 선생님들마저 오지 않는다. 병동 생활을 같이 하던 동료들과 속내를 털어놓을 만한 사람들이 없어지니 뭘 하며 시간을 보낼지 막막하기만 하다. 하지만 이상하게도 이런 내 고민을 주치의 선생님께 털어놓고 싶지는 않다.

　▷ 오후 3시 20분경이다. 낮잠을 두 번이나 잤다. 한 번은 한 시간, 또 한 번은 한 시간 반. 충분히 잤는데 또 자라고 하면 잘 수 있을 것 같다. 역시 약은 사람을 혼미하게 만든다. 만사가 다 귀찮다. 아무것도 하고 싶지 않다. 오늘은 면회 빼고는 로비에 나간 적이 없다. 간호사님께 부탁할 게 있는데, 잊어버리기 전에 적어놓아야겠다.

　　1. 내일은 점심을 병동에서 먹을 것으로 수정하기.
　　　(면회를 할 때는 점심을 가족들과 먹기 때문에 병동 점심을 취소하곤 한다. 하지만 나는 내일 외출이 오후부터이기 때문에 병동에서 점심식사를

해야 한다.)

　　2. 외출 나갈 때 필요한 외출복이 간호사님들에게 있는지 여쭤보기.

위의 두 가지 문제를 해결하고 왔다. 외출 때 필요한 옷은 엄마에게 있다고 한다.

　▷ 어제 자해를 안 했다고 현정 쌤께 거짓말한 게 마음에 걸린다. 자해를 안 하려고 입원을 했는데 면회 취소와 안전방이 두려워 얘기를 하지 않았던 것이 후회스러웠다. 지금 현정 쌤이 계신데, 기회가 된다면 사실을 털어놓아야겠다.

　▷ 내일 4시부터 외출인데 담임 쌤과의 면회는 5시 반에 루스트⁽식당⁾에서 하기로 했다. 그 전에 한 시간 반 정도 여유가 있다. 엄마는 그 시간 동안 무엇을 하면 내가 행복할지 생각해보라고 하셨다. 지금까지 생각한 것은 시청의 코인 노래방에 가서 한 시간 정도 노래를 부르는 것이 좋을 것 같다. 다음 외출에서 8시간 외출이 된다면 빙수를 먹으러 가자고 할 것이다. 우울증으로 제대로 못 먹었던 것이 억울해서라도 이제는 맛있는 음식은 다 먹을 거다.

　▷ 지혁 쌤이 오늘을 마지막으로 떠나갔다. 오전에 기분이 너무 안 좋아 로비에 나가지 않는 바람에 지혁 쌤을 뵙지 못했다. 그래도 생각보

다 아쉽지 않아 놀랐다. 이럴 때 보면 나도 참 냉정한 것 같다. 하루 전만 해도 그렇게 걱정했건만 막상 얼굴도 안 보고 떠나보냈다. 하지만 지금도 기분이 너무 안 좋다. 그냥 내 인생이 너무 꼬인 것 같다. 누가 좀 꽁꽁 묶여 있는 이 매듭을 좀 풀어줬으면 좋겠다. 그 매듭 속에서 빠져나오지 못해 숨도 못 쉬는 나를 좀 살려줬으면 좋겠다.

난 왜 평범하지 못할까? 남들과 다른 길을 가는 게 이토록 두려운데, 미혜는 어떻게 중국 유학을 견뎌낸 것일까. (미혜는 고등학교 2학년 때 중국 유학을 간 친구다.) 미래가 너무 두렵고 암울하다. 왜 나한테는 시련만 닥치는지 원망스럽다.

사람들은 순간적인 내 웃음을 보고 많이 괜찮아졌다고 생각한다. 하지만 이 병동 안의 환자들 모두가 그렇듯 숨겨진 각자의 내면을 의료진들은 잘 알지 못한다. 얼마나 외로운 싸움을 하는지, 학교라는 틀에서 벗어나 그동안 얼마나 참아왔는지, 이도저도 못 하는 상황에서 얼마나 헷갈리고 방황 중인지 나도 모르겠는데 타인이 알 리가 없다.

나는 모르는 게 너무 많다. 그게 당연한 거라고 믿고 싶은데 세상과 사람들은 그렇지 않다. 얼른 내 자리를 잡아 독립하기를 요구한다. 나는 아직 그럴 만한 용기와 여력이 없다. 아무리 격려하고 용기를 준다 해도 그들은 여전히 '남'이다. 이 모든 걸 나 스스로 감당해야 한다. 그동안은 늘 누군가에게 의지해왔지만, 그리고 내 삶에 도움을 주는 존재들이 있다는 의미이므로 매우 고맙기는 하지만, 결국 모든 책임은 내가 짊어지고 가야 한다. 학교생활도 잘 버텨왔고, 활동도 열심히 하고, 주어진 상황에서 정말 최대한 열심히 했는데 왜 이런 결말을 맞이해야만 하는 걸까. 괜찮이다가도 감당이 되지 않고 억울하다. 세상과 운명이 참 야속하다.

▷ 사회복지사 선생님과 면회를 했다. 의료진들과는 나눌 수 없는 깊은 이야기를 사회복지사 선생님과는 나눌 수 있다. 그냥 친한 언니 같아 마음껏 털어놓을 수 있다. 일단 미래에 대한 방황을 하고 있으므로 사회복지사 선생님이 관광과 심리, 언어와 관련된 직업군을 찾아오면 함께 골라보기로 했다. (나는 병동 안에서 인터넷을 사용할 수 없기 때문에 조사는 선생님이 하기로 했다.) 얘기만으로도 감사했다.

▷ 새로운 아이가 왔다. 열여섯 살 남자아이다. 손등과 팔, 손목에 칼자국이 매우 많이 나 있었다. 나는 흉터가 날까 봐 보이는 곳에 자해를 하지 못했는데, 이 친구는 술을 먹다가 필름이 끊긴 채로 식칼로 그었다고 한다. 다행히 깊게는 안 하고 약하게 많이 그었다. 이 친구의 상처를 볼 때마다 마음이 아프다.

▷ 지금 기분은 내일 외출이 기대될 정도로 호전되었다. 이제는 내가 감정 기복이 너무 심한 건지, 아니면 그냥 우울감에서 벗어나는 방법을 찾은 건지 헷갈린다. 어찌 됐든 매우 혼란스러운 상황임은 분명하다.

127

▷ 밤 9시가 조금 넘었다. 낮잠을 너무 자서 잠이 오진 않지만 다사다 난했던 하루를 빨리 넘기고 싶다. 참고로 오늘 면회 때 큰 외삼촌과 외숙모 내외를 뵈었다. 처음엔 누군지 못 알아볼 정도로 오랜만이었지만 뵈어서 반가웠다. 나를 보러 S지역에서 00병원까지 먼 길을 와주셔서 감사했다. 이제 가족들이 하나둘 나를 보러 와줄 텐데, 그 모든 것이 너무 고맙고 힘이 되어준다.

7월 13일 토요일

(담임 쌤과의 면회!)

▷ 오전 6시다. 대변을 잘 보지 못해 배가 아프다. 아침과 점심을 조금만 먹어야겠다. 중간에 두 번 정도 깼지만 잘 잤다. 요즘엔 아침에 일어날 때 집인지 병원인지 헷갈린다. 그만큼 오래 있으면서 이곳에 적응해가고 있다는 의미인 것 같다. 오늘은 꽤 설레는 날이다. 노래방과 담임 쌤과의 면회! 4시까지 어떻게 버틸 수 있을지 고민이다.

▷ 아까 혈압을 측정했는데 너무 낮아서 간호사 선생님과 동시에 놀랐다. 81에 48이었다. 간호사 선생님이 어지럽지 않냐고 물어보셨는데, 예전보다 많이 나아졌다고 답했다. 병원에 와서 내가 저혈압이라는 것을 알게 되었다. 지금은 어지러운 건 둘째치고 속이 좀 편해졌으면 좋겠다. (왠지 모르게 속이 더부룩해서 기분이 썩 개운하지 않다.)

▷ 오전 8시 15분경이다. 아침을 먹기 전 새로 온 남자아이와 대화를 나누었다. 약을 먹고 로비의 소파에서 노래를 듣고 있는데 그 남자아이가 내 옆에 앉았다. 신엄중 3학년인데, 학교 폭력을 당한 모양이다. 차라리 그냥 내버려두지, 나쁜 놈들. 그동안 얼마나 혼자 상처를 삭혔을지 생각하니 마음이 너무 아팠다. 이름은 지훈이다.

> "누나, 누나는 가장 듣고 싶은 말이 뭐예요?"
> "나? 나는... 음... 고생했다?"
> "누나, 고생했어요."
> "고맙다."

(웃음) 위로가 되었고, 대화가 매력이 있었다. 이번엔 내가 먼저 물었다.

> "너는? 가장 듣고 싶은 말이 뭐야?"
> "저는 그냥... 사랑해?"
> "사랑해."(웃음)
> "이런 대화 되게 오랜만이다."(둘 다 웃음)

나도 마음이 따뜻해졌다. 걱정스럽게도 지훈이는 이곳 병동에서도 잘 어울리지 못하는 것 같다. 민준이와 동갑인데 좀 친해지고 지훈이의 마음의 병도 조금 치유되었으면 하는 바람이 크다. (하지만 퇴원 후 돌이켜보면 이 대화가 가져올 파장은 엄청났던 것 같다.)

▷ 오전 9시경이다. <개미>란 책을 읽다가 재미있는 문제를 풀어서 희열을 느꼈다. 독자들도 한 번쯤은 해보기를 추천한다. (퇴원 후 찾아보니 이걸 '개미 수열'이라고 부른다고 한다.) 문제는 오늘의 일기 맨 밑에 첨부해 놓았다.

▷ 밤 9시 반이다. 8시에 모든 일정을 마치고 돌아왔다. 3시 반부터 5시 20분 정도까지 코인 노래방에서 방탄소년단 노래들을 부르고 랩을 해 엄마를 놀라게 했다. 엄마는 내가 랩을 하는 모습을 제대로 본 게 처음인데, 랩으로 대회를 나가도 되겠다며 진지하게 말씀하셨다.

눈, 겁, 빨리 전화해, N분의 1, 시차 등의 랩 노래를 목이 쉴 때까지 부르고 담임 쌤과의 면회를 위해 식당으로 향했다. 우울증으로 못 먹었던 음식들에 대한 억울함과 폭발한 내 식욕이 더해져 마음껏, 배 터질 정도로 먹을 각오를 한 상태였다. 23일 만에 뵙는 담임 쌤이었다. 살다 살다 담임 쌤과 단둘이 밥을 먹게 될 줄은 상상도 못 했다.

▷ 담임 쌤의 모습이 멀리서부터 보였다. 살이 더 빠진 것 같았다. 수시 막바지에 이르러 다른 친구들과 함께 준비하느라 고생이 많으셨나 보다. 그냥 빈손으로만 오셔도 감사한데 뉴발란스 슬리퍼를 사 들고 오

셨다. 가격도 만만치 않았을 텐데… 감사히 선물을 받고 주문을 했다.

나와 선생님은 비프라이스를, 엄마와 아빠는 쭈삼덮밥을 먹었다. 담임 쌤이 아빠의 미술 제자인 사실은 이미 알고 있어서 두 사람의 재회가 나에게는 적지 않은 기댓거리였다. 우리는 인사를 나누었고, 아빠와 담임 쌤도 과거의 인연을 공유하며 인사를 나눴다.

담임 쌤은 내가 살도 오르고 많이 밝아져서 보기 좋다고 하셨다. 그동안 살이 너무 빠져서 안 그래도 말랐는데 더 안쓰러웠다고 하셨다. 또, 수업을 한 시간만 들어가서 학생의 이름을 외우기는 쉽지 않은데 많은 선생님들이 내 이름을 아시고 내 얘기를 꺼내며 안타까워 하신다고도 말씀하셨다. 친구들 안부도 전해주셨다. 민혜, 수현이, 재유 등 많은 친구가 내 소식을 궁금해한다고 했다. 특히 수현이는 내 안부를 매일 물어본다고 했다. 나를 잊지 않아준 모든 분들에게 감사했다.

▷ 처음에는 선생님과 식사하는 것이 어색해서 낯을 좀 가리고 얌전한 척했다. 하지만 이내 진솔한 얘기를 꺼내면서 말문이 트였다.

"솔직히 다른 친구들과 달리 나만의 새로운 길을 개척해 나가야 하는 게 두렵고 아직도 완전히 받아들여지지 않아요. 그래서 혼자 있으면 외롭고, 이런 생각에 빠져 유난을 떠는 것 같은 나 자신이 싫어서 자해도 해요. 주위에 나를 응원하고 지지해주는 사람들이 많아 위로는 크게 되는데, 결국엔 내가 선택하고 내가 책임을 져야 한다는 사실이 외롭고 무서워요."

엄마는 내가 유난을 떠는 게 절대 아니고 나의 이런 마음이 너무 이해가 된다며 알을 깨고 나오는 게 얼마나 힘든 일인지 공감해주셨다. 담임 쌤은 당신도 나와 함께 하고 싶은 활동이 많았는데 왜 이런 일이 닥쳤는지 나처럼 완전히 받아들이지 못했다고 고백하셨다.

하지만 엄마는 이번 기회를 통해 다른 누구도 아닌 진정한 '나'를 알 수 있는 기회가 될 것이고, 그 길이 쉽지는 않지만 내가 하고 싶은 것, 편한 것을 우선시하며 살아가자고 관점을 바꾸어 말하셨다. 담임 쌤은 위클래스 선생님의 말씀도 전해주셨다. 내가 많이 소진되기는 했지만 그래도 기본적인 자양분이 있는 아이이기 때문에 극복해낼 수 있을 것이라고 하셨다는 것이다. 우리는 절대 조급해지지 않기로 했다.

내가 외모를 꽤 밝힌다는 사소한 대화도 나누었다. 방탄소년단의 뷔, 진, 정국, '눈이 부시게'의 남주혁, '봄밤'의 정해인, '태양의 후예'의 송중기. 모두 내가 한 번쯤은 푹 빠졌던 잘생긴 남자 연예인들이다. 담임 쌤도 '봄밤'의 정해인에 대해 "애가 있으면 어때, 정해인인데"라는 농담도 하셨다. (드라마 '봄밤'에서 정해인은 아내가 도망가 혼자 아이를 키우는 약사 역할을 했고, 상대역 한지민은 이런 정해인을 사랑하지만 애가 있다는 현실 때문에 고민한다.) 엄마가 나를 계기로 33년 만에 성당에 다시 나가게 된 걸 이야기하자 담임 쌤은 자신도 천주교 신자라며 공감하셨다. 이렇게 우리는 학교에서는 나눌 수 없는 사소한 이야기들을 나누며 위로하고 공감하는 시간을 가졌다.

▷ 어느덧 헤어질 시간이 되었다. 실랑이 끝에 결국 계산은 담임 쌤이 하셨다. 너무 많이 먹어서 10시가 다 된 지금도 배가 아파 죽겠다. 내일 아침은 조금만 먹어야겠다. 참, 반팔을 입으면서 왼팔에 난 자해 상처가 드러나게 되어 오른손으로 자꾸 숨기려 하자 담임 쌤이 숨기지 않아도 된다고 해주셔서 너무 감사했다. 이어폰으로 목을 조른 사실도 말씀드렸더니 마음 아파하셨다. K 선생님 얘기도 나왔다. 연락을 한번 드려야겠다. (K 선생님은 중3 때 만난 국어선생님이다. 함께 장난도 많이 치고, 많은 추억을 쌓았다고 생각해서 매년 스승의 날, 연휴, 축제 때 연락을 드렸었다. 그런데 K 선생님과 담임 쌤이 매우 친한 사이라고 하셨다! 굉장한 우연이었다. 내가 좋아하는 선생님들끼리 서로 친한 사이라니!) 나는 선생님이 바쁘실까 봐 연락을 못 드렸는데 담임 쌤은 그것도 모르고 섭섭할 뻔했다고 하셨다.

23일 만에 바깥세상 나간 네 시간의 외출은 성공적이고 매우 만족스러웠다. 다음번 외출은 조금 더 긴 시간 동안 더 많은 사람을 만나고 싶다. 내일은 사촌 언니, 오빠, 고모가 오신다고 해서 기대된다. 모든 분께 감사하다.

개 미 수 열

다음수열에는 규칙이 있다. ?에 들어올 숫자를 구하시오.

1   11   12   1121   122111   ?

풀 이 과 정

1   11   12   1121   122111   ?

'1'이 1개=11   '1'이 2개=12   '1'이 1개   '1'이 2개   ?
                                '2'이 1개   '2'이 1개
                                =1121   '1'이 1개
                                            =122111

답은 생각보다 아주 간단합니다

122111   ?

'1'이 1개, '2'가 2개, '1'이 3개

정답은 **122213** 이었네요!

7월 14일 일요일

▷ 오전 6시경이다. 어젯밤에 심한 악몽을 꾸다 깼다. 꿈의 내용도 생생히 생각난다.

엄마와 내가 미국으로 이민을 가게 되었다. 나는 엄마께 미국이 총을 소지할 수 있는 나라니까 조심하라고 당부했다. 하지만 엄마는 대수롭지 않게 여겼다. 어느 날 엄마와 함께 마트에 갔다. 손님 중 한 명이 총으로 우리를 겨냥했는데 실패해서 다른 사람을 쏴 죽였다. 나는 공포에 질려 엄마를 쳐다봤지만, 엄마는 이번에도 아무렇지 않은 듯 넘어갔다. 엄마는 이웃 주민들과도 꽤 친해져 함께 소풍도 자주 다녔다. 꿈속에 나온 이웃 주민은 대여섯 명 정도였는데, 주요 인물을 A, B라 하겠다. A가 소풍 도중 B를 쏴 죽였다. 나는 엄마가 걱정되어 소풍에 나가지 말라고 했지만 엄마는 계속 나갔고, A가 이번에는 우리 엄마를 겨냥했다. 내가 온몸으로 막아도 엄마는 총알을 피하지 못했다. 꿈속이지만 엄마가 쉽게 죽지 않으니까 "왜 안 죽는 거야?"라며 소리를 지르던 A의 눈빛을 잊을 수가 없다.

　잠에서 깨어난 뒤에도 그 모습이 생생히 그려져 매우 공포스러웠다. 결론은 조금 허무하고 이상하다. 엄마는 돌아가시고 230년 뒤까지 내 영혼은 엄마가 죽은 그 자리에 혼자 남았다. 참 미스터리한 결론이다.

　▷ 중간에 말도 안 되는 전개가 많긴 했지만 서로 죽이는 게 너무 무서워 쫓기듯이 잠에서 깨어났다. 눈을 뜨자마자 숨이 가빠지고 무서워 얼른 로비로 가서 간호사님께 악몽을 꾸었다고 말씀드렸다. 너무 무서워서 혼자 있을 수가 없었다. 간호사 선생님도 내 모습에 놀라 약을 줄 테니 로비에서 기다리라고 하셨다. 자꾸 꿈이 생각나 괴로운 상황에서 뜬금없이 주치의 선생님이 내 옆으로 왔다. 낮에 회진할 때만 있어서 퇴근한 줄 알았는데 당직이셨나 보다.

"잠을 잘 못 자겠어요?"

"원래는 잘 잤는데 갑자기 심한 악몽을 꿔서요."

"어떤 내용인지 말해줄 수 있어요?"

"계속 죽음의 위기에 빠졌어요."

"외출 어땠어요?"

"좋았어요."

"외출 나가서 뭐 했어요?"

"노래방도 가고 담임선생님이랑 밥도 먹고 그랬어요."

"신경안정제를 하나 줄 건데 약효가 없으면 바로 말해주세요."

"네."

(외출 얘기가 나오니까 마음이 한결 가벼워진 것 같았다.)

10분 정도 기다리니 약이 나왔다. 30분 정도 마음을 가라앉힌 뒤, 두렵지만 침대에 누웠다. 중간에 한 번 더 깨어나긴 했다.

▷ 고모네, 사촌 언니, 삼촌과의 면회를 마쳤다. 처음에는 기분이 너무 안 좋아서 울음보를 터뜨렸다. 중간중간 우울해져서 힘들었지만, 큰고모의 명언이 계속 귀에 맴돈다. "그래도 인생은 살 만한 거야. 절대 조급해지지 말고, 어른이 되는 과정이라고 생각하렴." 작은고모는 그동안 혼자 삭히느라 수고했다며 이제는 티를 내라고 하셨다. 진짜 티를 내고 싶었는데. 누가 나 힘든 거 좀 알아봐 줬으면 했는데. 그래서 오늘만큼은 일부러 티를 내기도 했다. 엄마는 고모 앞에서 아픈 거 제대로 티 낸다며 웃었다. 큰외숙모와 큰외삼촌이 오셨을 때는 기분이 너무 좋아서 엄마가 걱정한 게 민망할 정도였다.

▷ 아쉬움을 뒤로 하고 병실로 복귀했다. 다음 주에도 오겠다는 약속도 받아냈다. 앞으로 면회가 일주일에 다섯 번까지 가능하니까 일단은 화, 목, 금, 토, 일요일로 계획했다. 면회가 끝나면 늘 공허함이 찾아와

나를 힘들게 한다. 주치의 선생님은 아직도 약을 조절 중이라 퇴원 계획이 없다고 하셨다. 엄마 말로는 맞는 약을 찾으려면 짧게는 2주, 길게는 한 달이나 걸린다고 한다. 그리고 이제는 주치의 선생님을 믿고 좋아하기 때문에 기다리고 있기는 하다. 하지만 약이 바뀐 건지도 모르겠고, 그 약이 그 약 같고, 감정 기복이 확실히 줄기는 했지만 우울감이 더해진 것 같기도 하다. 일단 기다려봐야겠다. 주치의 선생님은 엄마에게 내 약이 어떻게 바뀌어 가는지 설명을 한다니까. 그리고 엄마의 궁금증을 풀고 나면 꼭 엄마에게 "또 궁금한 거 있으세요?"라고 물어보신다고 한다. 그러니 믿음이 안 갈 수가 없다.

▷ 방금 민옥이 이모와 K 선생님과 전화통화를 했다. 민옥이 이모는 내가 병동에 들어오기 바로 직전까지 상담을 해주셨던 고마운 분이다. 내가 개인병원에 다닐 때 옷도 사주시고, 늦은 시간에도 집으로 찾아와 나를 위해 기도하고 좋은 말씀도 많이 해주신 엄마 친구다. 민옥이 이모는 병원에 들어와서 처음으로 통화를 한 것이고, 국어선생님과는 두 번째다.

그동안 모르는 번호라 전화를 받지 않으셨던 민옥이 이모는 한층 밝아진 내 목소리에 매우 기뻐하셨다. 장례식에 가셔야 해서 통화를 길게 하지 못해 아쉬웠다. 국어선생님과의 첫 번째 통화에서 나는 꽤 많이 울었다. 그 후로 국어선생님은 감사하게도 나를 퍽이나 걱정하셨나 보다. 며칠 동안 많이 우울하셨다고 한다. 내가 일을 저질러서 음악도 로비에서 들어야 하고 펜도 다 뺏겼다고 하자, 그리고 남들과 다른 길을 가야 한다고 하자 선생님은 우스갯소리로 "다올이 날라리 다 됐네"라며 웃으셨다. 어제 담임 쌤과 만난 것도 말씀드렸더니 담임 쌤과는 나중에 통화하겠다고 하셨다. 절대 조급해지지 말고 씩씩하게 정신줄 붙잡고 버텨내라고, 다올이라면 그럴 수 있다고 해주셨다. 나도 "혼자서 버텨내야 하니까 초인간적인 힘을 발휘하게 돼요"라고 답하며 웃었다.

선생님이 나를 얼마나 지지해주시는지 느낄 수 있었다. 마지막에 선생님이 "사랑해"라는 말을 해주셨는데, 매우 놀랐고 내가 참 많은 응원과 사랑을 받고 있는 존재라는 것을 실감할 수 있었다. 오늘만 해도 우리 가족과 고모네 가족, 민옥이 이모, 국어선생님 총 10명이나 나를 응원해주셨다. 큰 힘이 되었고 뭉클하기도 했다. 내 속도대로 ('절대 조급해지지 말고') '살아 볼 만한 인생'을 펼쳐보리라.

▷ 저녁에는 신나게 놀았다. 지훈이, 민준, 준이, 지아와 놀면서 스트레스를 풀었다. 너무 더워서 도윤이 삼촌이랑 탁구는 치지 않았다. '도전! 골든벨'을 보며 민성 쌤과 함께 문제를 풀어보기도 했다. 지훈, 민준, 준이는 아직 어린 남자애들이라 굉장히 관능적이고 선정적이다. 특히 준이는 화장실에서 자위도 한다고 했다. 열네 살인 준이는 나에게 절벽이라며 가슴이 작다고 놀리기도 한다. 저번에 속옷을 뒤졌던 그 친구다. 민준이도 만만치 않다. 성관계 과정을 세세하게 소리와 손동작으로 표현하곤 한다.

　나는 오빠도 있고 중학교 때 남자애들도 만나봤기 때문에 성에 대한 욕구와 호기심은 충분히 이해한다. 주치의 선생님도 남자애들은 그러면서 성장하기도 한다고 하셨다. 하지만 성적으로 놀리는 것은 싫다. 심지어 준이는 내가 화장실에서 소변을 볼 때 문을 연 적도 있다. 준이 말로는 내가 화장실에서 많이 우니까 또 울까 봐 걱정돼서 열었다는데, 아무리 걱정이 되었다 해도 여자 화장실을 함부로 여는 건 싫다.

　준이가 여자도 자위를 하는지, 생리 때는 어떻게 하는지 물어봤었다. 남자애들의 성에 대한 호기심이 당연하다고 생각했고, 순진하게 정말 궁금해서 하는 질문인 것 같아 내가 아는 선에서 진지하게 답해줬다. 그 호기심이 악영향을 끼치지 않기를 바라며. 그러나 한창 사춘기를 겪는 중학생들의 성적 욕구를 나는 감당할 수가 없다. 그렇게 준이가 나를 괴롭힐 때면 민준이가 준이에게 욕을 하고 "누나 이리로 와" 하며 나를 지켜준다.

　▷ 한편 민준이는 지훈이가 나를 좋아하는 것 같다고 한다. 자랑은 아니지만 나도 그렇게 생각한다. 지훈이가 온 첫날 지훈이의 상처를 걱정해주고 대화를 나눈 이후로 계속 내 옆에만 앉으려 하고, 내가 좋다고 하고, 손을 잡아도 되냐고 물어보기도 한다. 심지어 나를 끌어안으라는 환청도 들린다고 한다. 부담스럽기도 하다. 아무튼 오늘은 10시까지 TV도 보고, 동생들과 놀며 시간을 보냈다.

제 5 장

2019년 7월 셋째 주
무서운 지훈이

7월 15일 월요일

▷ 6시경이다. 오늘부터는 실습생 선생님들도 오지 않아 심심할까 걱정이다. 오늘은 면회도 없다. 방구석에 처박혀 책이나 읽을까 생각 중이다. 대신 부담스러운 전체 회진이 있었다. 그래도 눈은 못 마주쳐도 이제 대답은 할 수 있을 것 같다.

▷ 방금 지훈이가 일기를 쓰냐며 되게 '소녀소녀'하다고 칭찬해주고 갔다. 조금 웃기기도 하지만 그만 집적댔으면 좋겠다. 나도 조금 더 분명하게 선을 그어야겠다.

▷ 오후 5시 20분경이다. 민준이가 자신이 처한 상황이 너무 힘들다며 나를 불러내서 다 털어놓았다. 가정폭력을 당했던 아빠를 이해하려고 무진장 애를 쓰고 먼저 다가가서 겨우 아빠랑 친해졌고, 사소한 것에

폭력을 휘두르던 과거 자신의 모습에 반성하며 끊임없이 부모님과 친해지려고 노력해왔다고 한다. 하지만 민준이는 지칠 만큼 지친 것 같다. 이제 선생님들까지 민준이 탓을 하고 민준이가 모든 것을 바꾸어야 한다고 요구하며 주변 상황을 탓하지 말라고만 한다는 것이다.

민준이의 아버지는 **대학교 생물학 교수다. 세계 올림피아드에서 학생들을 지도해 우승할 정도로 명성과 실력을 갖춘 분이다. 어머니는 바이올리니스트다. 민준이가 말하는 것을 보면 꽤나 부유한 집안이다. 민준이의 얘기를 들으며 부와 애정은 아무런 관계가 없다는 것을 새삼 깨달았다. 민준이는 부모님으로부터 애정과 이해를 원하지만, 부모님은 그런 민준이의 마음을 받아주지 않는다. 민준이는 어머니가 자기를 이 병동에 보낸 것에도 배신감을 느낀다고 한다. 심지어 주치의 선생님들마저 민준이를 이해하려고 하지 않으니 민준이는 너무 힘들고 외로운 것이다.

지친 민준이는 내 앞에서 모든 걸 털어놓으며 울었다. 늘 웃는 모습을 보여주어서 나도 아끼는 동생인 민준이가 울며 진솔한 속내를 털어놓을 때 마음이 너무 아파 나도 같이 눈물을 조금 흘렸다. (너무 몰입했나 보다.) 내가 민준이 입장이어도 화가 나고 외로울 것 같았다. 그렇게 공감을 해주고 있는데 강새론 교수님이 나를 부르셨다.

이번에는 주치의 선생님이 오지 않아 쑥스러워할 필요가 없어서 오히려 모든 것을 다 털어놓았다. 아끼는 동생인 민준이가 힘들어하니 너무 힘들고, 나 역시 미래 진로 등을 생각하니 막막하고 두렵다며 울었다.

강새론 교수님은 민준이 때문에 나까지 너무 우울해지지 말라고 해주셨다. 상담을 마치고 나오니 다행히 민준이가 웃으며 장난을 치고 있었다. 민준이, 준이, 지훈, 지아와 놀다가 나만 빼고 나머지는 청소년 프로그램을 하러 갔다. (청소년 프로그램은 매주 월요일마다 강새론 교수님이 담당하시는 프로그램으로, 한 가지 주제를 정해서 경험 및 의견을 털어놓는 형식이다. 함께하는 대상들이 모두 동생들이고 유료이므로 나는 프로그램에 참여하지 않기로 했다.)

▷ 5시경에 금요일에 뵈었던 사회복지사님과 면담을 했다. 언어, 심리, 관광 쪽으로 조사를 해주시고 책도 빌려다 주셨다. 목요일에 내 관심사를 정리해서 드리기로 했다. 막막하고 캄캄한 긴 터널에 작은 빛이 하나 보이는 것 같아 감사했다.

▷ 저녁 8시 반경이다. 이젠 지훈이의 집착이 무섭다. 계속 내 옆에만 앉으려고 하고, 나를 꼭 끌어 앉는 꿈을 꿨다며 "실제로 일어날 수는 없겠죠?" 하고 내 속내를 물어본다. 손도 계속 잡으려고 한다. 그나마 다행인 건 내 허락을 받으려고 한다는 것이다.

"누님, 손 잡아도 돼요?" "누님, 옆에 앉아도 돼요?" "누님, 끌어안아도 돼요?"

내가 안 된다고 하면 "그럼 언제쯤 허락해줄 거예요?"라고 묻는다.

나는 평생 안 된다고 선을 긋는다. 하지만 혼자 책을 읽고 있을 때도 침실 앞에서 시도 때도 없이 나를 불러 밖에서 같이 놀자고 한다.

▷ 한 남자아이가 나를 좋아한다는 사실을 넘어 너무 부담스럽다. 하지만 지훈이가 무서운 이유는 따로 있다. 지훈이가 말하기를, 다른 사람과 조금 친해지면 죽이라는 환청이 들린다는 것이다. 자제해보겠다고 했고, 내가 자신을 배신하지 않는 한 그럴 일은 절대 없을 것이라고 했지만 내가 이렇게 선을 긋고 대화를 단절하면 자기를 배신했다고 여겨 진짜로 죽이겠다고 협박할까 두렵다. 관심이 점점 집착이 되어 가는 것 같아 무섭다. 밖에 나갈 수가 없다.

지아가 다행히 나와 지훈이 사이에서 중재를 해준다. 내가 지훈이로부터 빠져나올 수 있게 지훈이가 나를 부를 때마다 "언니 자"라며 거짓말도 해준다. 한번은 지훈이가 지아에게 어떻게 하면 좋을지 조언을 구했나 보다. 지아는 나에게 천천히 다가가라고 조언했다. 밖에 나가는 게 너무 두려워서 그렇게 즐겨 보던 일일연속극 '여름아, 부탁해'도 못 보고 있다. 지훈이도 눈치를 챈 것이 분명하다. 내가 이렇게까지 하는데 눈치를 못 챘다면 정말 바보다. 집착은 그만둘 것 같지만 죽이고 싶은 충동을 막을 도리는 없다. 무섭다.

그렇다고 주치의 선생님이나 간호사 선생님께 아직은 털어놓을 수 없다. 그들이 나를 '안전하게' 지켜줄 수 있을지 신뢰를 못하겠다. 선생님들이 지훈이에게 어떤 말을 해서 내가 자신을 배신했다고 느끼면 정말로 무슨 일이 일어날지 상상조차 하기 힘들기 때문이다. 앞으로 병동 생활이 어떻게 펼쳐질지는 모르겠다. 그냥 확 짜증이 난다. 지훈이와 준이 꼴도 보기 싫고, 로비에 나가면 그 아이들이 있으니까 나가기도 싫어진다. 그냥 있어도 괴로운 상황에 이런 사소한 문제들까지 왜 끼어드는지 모르겠다. 힘들다. 난 지훈이의 손에 죽기 싫다. 불안하다.

7월 16일 화요일

▷ 오전 6시경이다. 요새는 아침에 끌어내리는 듯한 기분과 긴장감은 거의 없다. 그리고 다행히 오늘은 산책도 있고, 12시에 면회도 있어서 시간을 때울 수 있다.

▷ 이제는 학교와 내가 완전히 분리된 느낌이다. 졸업앨범에 들어갈 사진을 찍을 때만 내가 우리 학교 소속이지 시험과 수업 때는 학교에 없으니 학생 같지도 않다.

▷ 지훈이가 엄청난 집착을 보인다. 내 침대는 로비에서도 잘 보이는데, 지훈이가 로비에서 자꾸만 나를 쳐다보며 부르고, 보고 싶다고 한다. 너무 부담이 되어서 오늘 아침에 주치의 선생님과의 상담에서 간략하게 설명을 해드렸다. 애들이 굉장히 선정적이고 관능적이어서 힘들고,

말로만 그치지 않으니까 감당이 안 된다고 말씀드리니 선생님이 "그럼 다올이가 느끼기에 불쾌한 스킨십을 한다는 건가요?" 하고 물었다. 나는 아무 말도 하지 않았다.

　▷ 그렇다. 준이는 내 가슴이 작다고 놀리고, 화장실 문을 열고, 속옷을 뒤졌다. 지훈이는 내 손을 함부로 잡았던 적이 있다. 선생님은 처음에 심각성을 모르고 모든 남자가 그런 것은 아니라고, 그 나이의 남자애들은 다 그렇게 자라니까 어느 정도는 받아들일 필요가 있을 것 같다고 하셨다. 솔직히 처음에는 내 얘기의 반도 안 들어주고 그렇게 말씀하신 것에 억울하고 실망스러웠다. 하지만 내 얘기를 들으면 들을수록 달라졌다. 내가 이렇게까지 힘든 줄 몰랐다고, 교수님과 상의해보겠다고 하셨다. 그리고 내가 피해자인데 오히려 피해자가 위축되고 있다면서 병원 측에서도 도움을 주겠다고 말씀하셨다. 내 편이 한 명 더 생겨 마음이 조금 편해졌다.

　▷ 조금 전까지만 해도 지훈이가 내 병실을 멀찍이 바라보며 보고 싶다고 계속 치근덕거렸다. 지훈이가 내 손을 잡고 끌어안으려고 하지만 않았다면, 그리고 스킨십을 하려고 하지만 않았다면 이렇게까지 괴롭지는 않을 것이다. 아까 지훈이가 지아를 중재자로 내세워 "집착을 200에서 50으로 줄일 테니 한번만 얼굴을 보게 해달라"라고 했다. 어차피 나도 mp4를 가지러 가야 했으므로 그렇게 하기로 했다. 그러지 않으면 정

말 큰일이 날까 두렵기도 했다.

▷ 지훈이의 웃는 모습을 보았다. 웃는 모습이 더 무서웠다. 웃는 모습 뒤에는 무엇이 숨겨져 있을까. 슬픔? 누군가를 죽이라는 환청? 자해 충동? 도무지 예측이 되지 않아 두렵다. 그래서 침대도 옮겼다. 로비에서 잘 보이는 침대는 새벽에 불빛 때문에 자기 힘들다는 핑계를 대고 마침 하나 비어있던 안쪽 침대로 옮겼다. 지훈이는 "아, 아쉽다"라고 한다. 더 이상 멀리서 지훈이가 나를 바라보는 눈빛을 보지 않아도 되니 마음이 많이 편안하다.

▷ 오늘 결국 일이 벌어졌다. 지훈이가 나오라고 해도 나가지 않고 보고 싶다고 해도 얼굴을 보여주지 않자 지훈이가 슬펐나 보다. 지훈이가 병동에 들어온 이유는 내가 보기에 환청과 폭력적인 상상 때문인 것 같다. 친한 사람을 죽이라는 환청이 들리기도 하고, 실제로 몇 년 전에는 자신을 괴롭히는 친구의 팔을 칼로 긋기도 했다. 심지어 지훈이는 남을 괴롭힐 때 즐거움을 느낀다고 한다. 그런 지훈이가 원하는 대로 되지 않고 처음으로 좋아하게 된 대상인 내가 보이지 않자 지아와 얘기하다가 나를 죽이고 싶다는 말을 했다고 한다. 지아는 방에 있는 내게 "언니, 걔 무서워. 너무 슬퍼서 언니 죽이고 싶대"라고 전해주었다.

순간 소름이 끼쳤다. 지아는 일단 살기 위해 로비에 나가서 지훈이를 보는 시늉이라도 하라고 했다. 맞는 말인 것 같아 밖에 나갔더니 지훈이가 환히 웃으면서 "누님!"이라며 나를 불렀다. 내가 소파에 앉자 자연스레 지훈이도 내 옆에 앉았는데, 고맙게도 민준이가 그 사이에 끼어들어 주었다. 나는 공포에 질려 장난치는 소리가 하나도 들리질 않았다.

병실에 들어왔다. 눈물이 고인 채 공포에 질린 내 모습을 본 해은이 언니가 지훈이에게 그러지 말라고 얘기했다. 나는 간호사 선생님께 말씀드리고 주치의 선생님과 면담을 했다. 면담이 크게 위로가 된 것 같지는 않다. 지훈이는 폭력적인 부분의 치료가 필요해서 입원한 것이고, 보호병동(폐쇄병동의 또 다른 이름이다)에 대한 보호가 철저하니 너무 걱정하지 말라는 내용이었다. 의료진을 믿기는 하지만 내가 유난을 떠는 것처럼 여기는 것 같아 섭섭했다.

한편, 해은이 언니가 지훈이에게 나에 대한 집착을 그만하라고 말하자 지훈이는 자해를 해서 안전방에 갔고, 언니는 죄책감에 울었다. 나는 지훈이가 안전방에 간 뒤 해은이 언니에게 고맙다고 인사를 하고 언니의 울음을 그치게 했다. 그리고 안심하고 씻으러 갔는데, 씻고 나오다 지훈이와 마주쳤다. (생각보다 안전방에서 너무 일찍 나왔다.) 지훈이는 지아를 내세워 계속 나를 불렀다. 지켜주고 안전하게 해준다던 의료진들은 다 어디로 간 것일까. 집착이 더 심해지면 의료진들에게 더 도와달라고 호소해야겠다. 불안하고 두렵다. 유독 예민한 나는 불안함이 최고에 도달한 것 같다.

▷ 엄마가 책들을 사주셨다. 내일은 방에 틀어박혀 그것만 읽어야겠다.

7월 17일 수요일

▷ 새벽 5시 40분경이다. 어제 약을 먹은 뒤 긴장이 풀리면서 피로감이 몰려와 9시 반쯤 잠자리에 들었다. 꿈에서 지훈이가 내 옆에서 자고 있고, 어떤 사람이 나한테 그 사실을 알려주어 나는 공포감에 떨면서 그 자리를 피했다. 지훈이의 집착이 꿈속에도 나타날 정도로 나에게 큰 불안으로 다가왔나 보다. 어제 내가 자기의 집착을 무서워한다는 걸 지아를 통해 알게 된 지훈이는 미안하다고 전해달라고 했다지만 여전히 나는 무섭고 같이 있기 꺼려진다. 의사와 간호사 선생님도 미덥지 못하다.

▷ 오후 7시 반경이다. 병동 생활이 너무 답답해 미칠 것 같았다. 그 이유 중 하나는 지훈이다. 매번 "누님, 저랑 같이 있어요" "누님, 저랑 조금만 있어주세요" 하면서 나를 부르고, 귀엽지 않느냐며 애교를 부린다. 귀찮고 심지어는 화가 난다. 오늘 또 지훈이가 내가 자기를 싫어하면 죽

고 싶다고 했는데, 애가 왜 그리 극단적인지 짜증이 난다. 지훈이 때문에 밖에 나갈 수도 없고, 그래서 TV도 못 보고 산책도 못 간다.

지훈이 문제와 더불어 적응할 만하면 떠나고 새로운 사람이 들어오는 병동의 시스템도 싫다. 당연한 일인데도 말이다. 내일 해은이 언니가 퇴원하면 또 다른 분이 오실 텐데, 이기적이게도 짜증이 난다. 남자 간호사님께 하소연했다. 지훈이도 짜증 나고 병동 시스템도 적응하기 힘들어 답답해 미치겠다고 했더니 내가 이렇게 말을 많이 하는 걸 처음 봤다고 한다. 간호사님 역시 내가 굉장히 답답해한다는 걸 느끼는 것 같았다. 지훈이의 말과 행동은 병원의 몫이니 혹여 지훈이 마음이 상하더라도 신경 쓰지 말고 거절을 하라고 하셨다.

▷ 주치의 선생님과 상담을 마치고 돌아오니 다시 답답해졌다. 분명 웃으면서 상담을 했는데, 끝나고 나니 세상이 짜증 나고 답답해 미칠 것 같았다. 지아의 권유로 종이에 볼펜을 매우 세게 그어 보라고 해서 몇 장의 종이를 썼다. 하지만 쉽게 풀리지 않았다. 쉽게 풀리지 않는다고 얘기하니, 지아가 샤프심으로 자해하는 방법을 알려줬다. 좋은 조언은 아니란 걸 둘 다 알고 있었지만 너무 답답하고 고통스러워서 나도, 지아도 어쩔 수 없었다.

지아의 샤프를 빌렸다. 샤프심을 꽂고 뾰족한 면이 생길 때까지 종이에 비빈 다음 그 뾰족한 면으로 팔에 세게 그었다. 지아가 두 줄 정도 해주었고, 나는 서너 줄을 그었다. 피가 나왔다. 큰 희열을 느꼈다. 답답한

무서운 지훈이

기분이 풀렸다. 또 샤프를 그으려던 찰나에 사회복지사 선생님이 우리 병실로 오셨다. 내가 자해하는 모습을 보고 놀란 복지사 선생님은 바로 간호사 선생님께 말씀드리겠다고 하셨다. 하지만 내가 그러지 말라고 빌자, 하루 기회를 주겠다고 하셨다. 오늘 내가 간호사 선생님께 말씀드리지 않으면 내일 자기가 말하겠다는 것이었다.

▷ 자해 상처가 따끔거리고 욱신거린다. 그래서 기분은 좋지만 엄마가 속상해하는 얼굴을 떠올리니 죄송하다. 최대한 숨겨야겠다.

7월 18일 목요일

▷ 오전 8시 반경이다. 새벽에 열과 혈압을 측정할 때 자해 상처를 들켰다. 비몽사몽 상태에서 혈압을 측정하려고 팔을 내밀었다가 옷이 올라가 살짝 자해 상처가 보인 것이다. 현정 쌤이 알아채고 주치의 선생님께 말씀드렸고, 주치의 선생님이 면담을 청하셨다.

　　"오늘 기분은 좀 어때요?"
　　"괜찮아요."
　　"기분 변화 폭은요?"
　　"괜찮아요."
　　"어제 자해를 좀 했다고 들었어요."
　　"네."
　　"어떤 것 때문에 답답했어요?"

"지훈이..."

정말이다. 지훈이가 너무 짜증이 난다. 지훈이 때문에 밖에 나가기 꺼려지고 프로그램에도 참여하지 않게 된다.

"음... 지훈이의 행동 변화가 다올이가 보기엔 없는 것 같나요?"
"네. 아까 화장실에서 씻고 나왔는데 저를 기다렸다는 듯이 '누나, 씻었네요?' 라고 했어요. 그리고 지아가 전해줬는데, 지훈이가 저를 보고 싶고, 저를 보면 흥분이 된다고 했대요. 환청도 계속 들린다고 하고 자꾸 손을 잡아달라고도 해요."

선생님은 꽤 놀라신 눈치였다.

"음.... 그 부분에 대해서는 지훈이의 주치의 선생님께도 말씀드리고 다올이가 이런 일 때문에 불편하지 않도록 저희도 계속 노력할게요."
"네."
"다올이가 많이 답답할 수 있을 것 같아요. 지훈이 말고 다른 일은 없나요?"
"친해진 언니 두 명이 연달아 퇴원하고 새로운 분이 오시는 이 시스템이 힘들어요."

선생님은 만남이 있으면 헤어짐이 있고, 그동안의 헤어짐 동안 잘 이겨내고 병동에 있는 사람들과 잘 지냈으니 너무 걱정하지 말라는 식으로 말씀하셨다. 마지막으로 "상처 소독은 안 해도 되나요?"라고 물어봐서 소매를 잡고 머뭇거리다가 상처를 보여드렸다.

　이런 일의 마무리는 꼭 '생각하는 글쓰기'라는 형식적인 반성문이다. 행동 전 생각이나 느낌, 행동 후 생각의 느낌과 다짐 등을 쓰며 나의 행동을 되돌아보는 것이다. '다음부터는 의료진에게 먼저 도움을 청한다'라는 모범적인 내용을 대충 적고 제출했다. 드디어 자유시간이 생겼다. 돌려받은 mp4로 노래를 들으며 〈프라하〉 책이나 읽어야겠다.

　▷ 오후 6시 반경이다. 면회를 마쳤다. 오늘 면회는 조금 특별했다. 외할머니와 작은외삼촌뿐 아니라 애순이 이모(엄마의 사촌 언니로, 독실한 천주교 신자다)와 신부님이 함께했다. 엄마는 33년 만에 다시 성당에 다니시기 시작했는데, 나를 위해 광주에서 신부님을 불러 나를 위한 기도를 하기로 했나 보다. 처음에는 천주교 신자도 아닌 내가 굳이 기도를 해야 하나 싶기도 하고, 사람들이 다 보는 카페에서 의식을 치르는 것이 쑥스러워 거절했지만, 엄마와 애순이 이모, 신부님의 성의가 고마워 기도를 받기로 했다.

　▷ 신부님을 뵙기 전에 외할머니와 작은외삼촌 그리고 아빠만 카페에 와 계셨다. 외할머니는 못 뵌 사이에 살이 많이 오르셔서 훨씬 보기 좋았다. 모두 팔에 난 상처를 보고 놀랐지만, 외할머니는 자해 때문에 생

긴 상처라는 건 잘 이해하지 못하신 것처럼 보였다.

▷ 엄마와 애순이 이모가 신부님을 모시고 오셨다. 완전히 치유된 줄 알았는데 낯선 신부님을 뵈니 숨이 막히고 눈도 못 마주치고 눈물이 고였다. 엄마 손을 잡은 채 나를 위한 기도가 시작되었다. 낯선 사람이 내 머리를 잡고 큰 호흡을 하니 엄청난 긴장감 때문에 주먹을 꽉 쥐었다. 명치도 만지고 목 부분도 만졌다. 숨도 못 쉬고 눈물도 고였다. 그렇게 한참을 버티다가 드디어 막바지에 다다르고 기도를 마쳤다. 긴장이 풀리자 몸이 피곤했다. 엄마와 신부님 모두 나에게 고생했다고 해주셨다. 나는 엄마 품 안에서 안정을 취했다.

▷ 면회를 마치고 병동으로 들어왔다. 해은이 언니는 퇴원, 지아는 2박 3일 외박. 믿을 사람은 민준이밖에 없었다. 민준이도 같은 생각인지 자기 옆에 있으라고, 같이 놀자고 했다. 민준이는 늘 지훈이와 준이로부터 나를 지켜준 고마운 아이라 옆에 있어 주고 싶었다. 하지만 오늘은 사회복지사 선생님과의 면담 때문에 옆에 많이 못 있어줬다.

▷ 사회복지사 선생님과의 상담을 통해 정말 많은 직업과 길이 있음을 새삼스레 느낀다. 나도 생각해놓은 직업이 몇 개 있다. 사서, 상담 교사, 관광통역가이드, 영자신문 기자(번역 분야), 관광청 직원(홍보 및 마케팅 분야) 그리고 일반 공무원(행정직) 등 경험해보고 싶은 진로가 정말 많아

졌다. 이번 기회에 더 고민해봐야지.

▷ 지금 민준이는 로비에서 신나게 탁구를 치고 있다. 덕분에 나도 내 마음을 정리할 수 있는 시간이 생겼다. 의지할 곳이 없어져 많이 공허하다. 면담하기 전에 지혜에게 전화를 하니 한솔이와 함께 있었다. 어제 자해한 일, 우리 집에 고양이가 생긴 일 등 그동안 못한 얘기를 나누다가 주말에 외출할 수 있게 되면 만나기로 했다. 중국으로 유학을 간 미혜가 내려왔다는데, 보고 싶다. 내가 자해한 걸 알면 때릴지도 모른다. 얼마나 힘들었으면 이러겠냐고, 때리지 말고 위로해달라고 해야지. 오늘 샤워할 때도 자해 상처가 꽤 따가웠다. 서러웠다. 간호사 선생님께 연고를 발라달라고 얘기했는데 아직 올 기미가 보이지 않는다. 정말 내 편이 없는 것 같은 느낌이 갑자기 든다. 힘들다.

▷ 아까 민준이의 충격적인 면을 보았다. 민준이는 종일 나를 위해 얼굴 표정 하나하나에 그림을 그려가며 동물 종이접기를 하고 있었다. 하지만 그런 걸 알면서도 열한 살짜리 민철이는 일부러 그 종이들을 꾸겨버렸다. 그동안 민철이에게 쌓였던 게 많았던 민준이가 민철이를 밀치더니 팔과 허리 사이에 머리를 끼워놓고 넘어뜨렸다. 그리고 발끝으로 민철이 얼굴을 찼다. 너무 순식간에 벌어진 일이라 나도 말릴 틈이 없었다. 민준이가 정말 화가 나면 저렇게 되는구나, 분노를 참지 못해서 이 병동에 들어왔구나… 너무 놀라 한동안 입을 다물지 못했다.

발로 차인 민철이의 입에서 약간의 피가 났다. 왜 민준이는 나를 위해 이렇게 많은 종이를 접은 것일까. 내가 드라마를 보려고 나왔을 때, 민준이가 자랑하듯 "이거 다 누나 주려고 만든 거야"라며 말했다. 난 그중 하나만 선택해서 가지겠다고 하면서 큰 관심을 주지 않았다. 차라리 그때 내가 다 가져버렸으면 이런 참사가 일어나지는 않았을 텐데. 죄책감까지 든다.

바닥에 넘어져 있던 민철이는 열한 살짜리라고는 보기 어려울 만큼 독기에 가득 찬 눈빛으로 "김민준 어디 있어!!"라며 꽥 소리를 질렀다. 민준이는 안전방으로, 민철이는 침실로 끌려가 치료를 받았다. 안전요원까지 왔고, 준이 말로는 민준이가 강박을 당했다고 했다.

민철이는 아무 탈 없이 밖에 나와 드라마를 보고 있다. 내가 아끼고 유일하게 의지하는 민준이가 안전방에 갇혔으니 민철이가 미웠다. 참사의 현장에서 "아, 웃으면 안 되는데"라며 폭력적인 면모를 보이는 지훈이도 싫고, 지훈이랑 자신 중 누가 더 좋냐며 물어보는 철없는 준이도 짜증이 났다. 민준이가 너무 걱정돼 드라마를 못 봤다. 솔직히 민준이가 없으면 그 드라마를 볼 이유도 없다.

이런 복합적인 감정들 때문에 병실로 돌아왔는데, 준이가 나를 다급히 불렀다. 민철이가 또 민준이가 나를 위해 정성스레 접은 종이를 꾸기려 한다며 그 종이들을 나에게 건넸다. 나는 로비로 나가 색종이며 색연필 등등 민준이의 유품(?)들을 정리했다. 그 상황에서 내가 할 수 있는 건 그것밖에 없었다.

162

민준 vs 민철

▷ 다사다난했던 하루가 끝이 났다. 너무 놀랐던 후유증이 남아있어 잠이 달아났다. 서현이 이모와 "오늘은 왜 이렇게 분위기가 뒤숭숭해"라며 오늘의 일을 정리했다. 방금은 어떤 여자 환자가 (윤서이 이모) 의료진을 손해배상으로 신고하겠다며 난리를 쳤다. 쉴 틈 없이 긴장감이 있던 하루였다.

7월 19일 금요일

▷ 오전 6시경이다. "다올이 요즘엔 빨리 안 일어나네?" 아침에 열과 혈압을 측정하러 온 현정 쌤의 말이다. 맞는 말이다. 요새 들어 잠이 부쩍 늘었다. 지금 기분은 조금 가라앉는다.

▷ 어젯밤에 요상한 포즈로 자고 있을 게 뻔한 내 앞에 주치의 선생님이 있었다. 옆으로 돌아누워 있었는데 주치의 선생님이 나를 깨우신 것이다. 이제 학회에 가고 다른 선생님이 있을 건데, 도움을 청하면 그분이 도와주실 거라고 말씀하셨다.

아… 내 몰골은 어땠을까. 주치의 선생님은 자꾸 퇴원해서 경찰에 가야 한다는 이모(다현이 이모)와 대화를 나누더니 잠에 빠져들기 시작한 나를 "다올양"이라며 깨우셨다. 나는 깜짝 놀라 일어나면서 "아, 깜짝이야."를 두 번 외쳤다. 오늘은 주치의 선생님을 보기가 조금 민망하다.

▷ 흉측하게 생기고 말도 어눌한 남자 환자가 새로 들어왔다. 당장 살인을 저질러도 이상하지 않을 모습이다. 정말 무서운 건, 그분이 모든 병실 앞에서 차례로 서성인다는 것이다. 어제 일기를 쓰는데 그분이 빤히 병실을 쳐다보길래 여자 병실이니까 보면 안 된다고 용기를 내어 말했는데, 마침 간호사 선생님이 오셔서 데리고 가셨다. 너무 무서워서 말을 해놓고도 기가 빨렸다. 하지만 방금도 왔다 갔다. 무섭다.

▷ 새로운 청소년이 또 들어왔다. 혼잣말을 하는 강○○님이 퇴원하고 빈자리에 만 열여섯 살 친구가 들어왔다. 역시 익숙해지려고 하면 떠나는 병동이다. 이름은 김민지. 언뜻 듣기로는 그 친구도 우리 학교 학생이라 한다. 2학년. 아직 다른 자세한 정보는 모르지만 3층 높이에서 떨어진 적이 있다고 한다. 아마도 우울증인가 보다.

7월 20일 토요일

(두 번째 외출. 친구들과의 만남 네 시간)

▷ 오전 6시 반경이다. 오늘은 꽤 설레는 날이다. 한 달 만에 친구들을 만나기 때문이다. 만날 친구들은 지혜, 한솔, 다영, 미혜다. (서영이가 올지는 의문이다.) 같이 짜장면을 먹기로 했다. 오후 3시 반에 나가서 가족과 두 시간 있다가 두 시간은 친구들과 놀 것이다. 가족과의 시간에는 목욕탕에 갈까 생각 중이다.

▷ 오후 8시 20분경이다. 모든 일정을 마쳤다. 가족과 보낸 두 시간 동안 엄마, 큰이모와 함께 옷 가게에 가서 면티 두 벌을 샀다. (큰이모께서 사주셨다.) 큰이모와는 정말 오랜만의 재회라 정말 반가웠다. 하지만 나에게 주어진 시간은 고작 네 시간이었고, 두 시간은 친구들과 만나기로 했기 때문에 시간이 없었다. 큰이모와는 중앙로에서 옷을 사고, 설빙에서 미니붕어빵을 먹고 헤어졌다. 가족과의 짧은 만남을 뒤로 하고 나

를 위해 모이는 미혜, 다영, 서영, 지혜, 한솔이를 한솔이네 집에서 만났다. 고맙게도 다 모여줬다. 내가 하도 짜장면을 먹자고 노래를 불러 중국집에 주문하기로 했다. 하필 즐거운, 그리고 몇 시간 안 되는 외출 시간을 날씨가 방해했다. 장마 탓인지 태풍 탓인지 강한 바람과 상당한 양의 비가 상하좌우로 내렸다.

그래도 용케 옷도 사고 한솔이네 집에도 안전하게 도착했다. 서영이와 미혜가 한솔이네 집에 먼저 와 있었다. 보호자 동반 하의 외출이라 우리 엄마도 같이 갔다. 친구들은 워낙 오랫동안 만난 사이여서 한 달 정도 못 봤어도 어색해지지 않았다. 보자마자 대화를 나눴다. 하지만 서영이와 한솔이는 고3 수험생이어서 입시 준비 이야기가 한창이었다. 나랑은 관계없는 이야기다.

듣고만 있으니 기분이 계속 가라앉았다. 말하면서 웃기는 하지만 웃는 게 웃는 게 아니었다. 아마 병실에 있었으면 계속 울었을지도 모른다. 미혜가 내 팔을 보고 "이거 너가 핸?"이라고 물었다. 내가 웃으면서 끄덕이자 "으유, 뭘로 핸"이라며 물어보았다. "샤프심." 미혜는 흉터가 남는다고 연고를 잘 바르라고 했다. 미혜와의 대화는 늘 이렇다. 짧고 굵다. 무심하게 툭, 관심을 준다. 지혜는 내가 학교에서 정말 힘들 때 계속 내 옆에 있어준 친구였는데, 학원 때문에 늦게 오는 바람에 10분 정도밖에 보지 못해 아쉬웠다.

친구들은 주로 학교에서 한창 진행 중인 IR$^{\text{(Individual Research)}}$ 활동, 입시 이야기를 했고 중간에 딱 한 번 내 병동 생활에 대해 물었다. 친구들이 학교와 관련된 이야기를 나눌 때 미혜와 나는 서로 쳐다보며 "남 애기"라고 웃었다.

    ▷ 기다리고 기다리던 중국 요리가 왔다. 나는 그동안 한이 맺혔던 짜장면을 실컷 먹었다. 배가 터지도록. 시간상 친구들과는 많은 이야기를 나누지 못했다. 미혜는 헤어질 때 같이 가자며 나와 같이 나왔다. 자신의 집 앞에서 기다리라고 하곤 종이 상자에 책과 패션 잡지를 담아주었다. 그리고 나를 꼭 안아주었다. 나는 순간 울컥했다.

     "으휴…"
     "나도 내가 이렇게 될 줄 알았겠냐"

이렇게 짧은 대화를 나누었다.

    ▷ 다시 병동으로 돌아와야 했다. 친구들은 나를 본다는 명목으로 모여서 지금쯤 신나게 놀고 있을 거다. 그러면서도 자신만의 길을 걸어가면서 입시를 준비할 것이다. 미혜도 학교를 벗어났지만 주체적으로 산다. 그런데 나는? 30일째 병원에 입원한 채 아무것도 하지 않는 백수 학생에 불과하다. 놀고 있는 고3. 이런 자조적인 생각이 나를 괴롭힌다.
    병원으로 오는 길에 엄마가 남과 비교하지 말라는 긴 조언을 해주셨는데, 솔직히 별로 잘 들리지 않았다. 간만에 가라앉는 기분을 느껴 그 기분에 집중하기에도 바빴기 때문이다. 엄마는 마음공부를 하며 어떻게 스스로 내 마음을 조절할 수 있는지 찾으라고 하셨는데, 그마저도 부담이 된다. 30일이 돼도 모르겠다. 그게 맘대로 된다면 이곳에 갇혀 있을 필요가 없지 않겠는가. 지금도 마음이 많이 착잡하다. 현정 쌤과 장난을 치며 웃긴 했지만 내 속은 타들어간다.

▷ 앞으로 내가 그려야 할 그림이 너무 많은데 나는 벌써 빈 캔버스에 압도당했다. 사는 게 무섭다. 정말 큰고모가 말씀하셨던 것처럼 인생은 살 만한 것일까?

7월 21일 일요일

▷ 오전 8시경이다. 아침부터 짜증 나는 일이 두 가지나 있었다. 6시 경에 몸무게를 측정해보니 0.5kg이나 쪘다. 원래대로 돌아온 것뿐이지 만, 조절을 해야겠다. 약의 부작용 중 하나가 체중 증가다. 나는 관리를 하지 않으면 급격하게 살이 찌는 체질이라 한시도 간과해서는 안 된다.

지훈이도 한몫했다. 일어나서 mp4를 가지러 가는데 로비에 나와 있 던 지훈이가 "누님, 안녕 화살법!"이라며 양손으로 요상한 모양을 만들 고는 자신의 귀 위에 갖다 댔다. 귀엽지 않냐고 물어보는데, 너무 짜증 이 났다. 이지훈. 그 친구 때문에 기분이 안 좋아진 적이 한두 번이 아니 라서 존재 자체가 싫다. 둘 중 하나가 빨리 하나가 퇴원하기를 간절히 바라고 있다. 되도록 그게 나였으면 좋겠다.

▷ 오후 5시 반경이다. 낮잠을 세 시간 반 정도 자고 일어났다. 점심

면회 때 먹은 전복삼계탕이 소화가 되지 않아 속이 더부룩해서 저녁을 굶고 있다. 오늘 면회 때는 큰고모와 사촌 언니, 작은아빠가 오셨다. 큰고모는 당뇨병으로 고생 중인데, 치아에도 문제가 생겼지만 임플란트를 못하고 틀니를 끼고 계신다. 임플란트를 하다가 혹여나 피가 나면 그칠 방법이 없기 때문이다. 삶은 고통의 연속이라는 부처의 말씀이 너무나 잘 들어맞는 것 같다. 부처가 우리 중생들을 좀 구제해줬으면 좋겠다.

▷ 한 달이 넘어가니 슬슬 퇴원을 생각하고 있다. 선생님들은 앞으로 몇 주는 더 있게 할 생각이신 것 같은데, 나 혼자 벌써부터 준비하는 것이다. 미리 마음 준비를 하지 않으면 갑자기 집에 돌아가도 적응을 못할 것 같아서다.

▷ 아직도 내 결정의 중심에는 엄마가 있다. 나는 퇴원하고 푹 쉬고 싶은데 엄마의 눈치가 보인다. 대학도 수시로 갈지, 정시로 갈지 정해야 한다. 왜 나한테만 이런 고난을 주는지 원망스럽다. 남들은 대학 갈 준비를 잘만 하는데 하필 나는 큰 산이 앞에 닥치는지 모르겠다. 아무리 길은 많다고, 그중에서 나는 더 넓은 길을 택한 거라고 생각하며 마음을 다독여봐도 현실이 너무 힘들다.

제 6 장

7월 22일 월요일

▷ 오후 7시경이다. 오늘은 아침부터 속이 울렁거렸다. 당장이라도 토를 하고 싶을 정도였다. 어제 밥을 거르고 저녁 약을 먹은 것이 탈이 난 것인지 약의 부작용인지 모르겠다. 약 기운 때문인지 오전 내내 졸려서 낮잠만 네 시간 정도 잤다. 지금도 속이 조금 울렁거리는데, 금방 설사를 하고 왔다. 함께 병실을 쓰는 분이 소리를 들어서 많이 민망하지만 어쩔 수 없다. 화장실에서 헛구역질도 세 번 정도 했다. 아침식사를 할 때 오른손이 떨려 숟가락이 흔들릴 정도였다. 그래서 아침식사도 잘하지 못했다. 지금도 가서 설사를 할 수 있을 것 같고 속이 울렁거린다.

▷ 병실에서 한 달 넘게 지내다 보니 내가 숨기고 싶은 부분도 어쩔 수 없이 드러나게 되는 것 같다. 입원할 때는 언제 들어올지 모르는 주치의 선생님께 내가 자는 모습과 위생에 관한 모습은 들키지 않으리라

다짐했는데 요즘은 약 때문에 잠이 너무 많아져 자는 모습만 보여드리고 있다. 지아 말로는 내가 눈을 살짝 뜨고 잘 때도 있고 웅얼거리면서 잘 때도 있다고 한다. 환자이기 전에 누구에게나 (특히 주치의 선생님께) 예뻐 보이고 싶은 여자인데, 그런 부분이 처참히 파괴되어서 많이 민망하고 부끄럽다.

▷ 어젯밤에 했던 생각들(자조적인 물음과 지훈이 생각) 때문에 소등 후 남 모르게 울다가 손톱으로 오른쪽 살갗을 벗겼다. 이제 슬슬 딱지가 생겨 가는데 샤워할 때나 양치할 때 물이 들어가면 따끔거린다. 내일 엄마를 만나는데 이걸 보면 또 속상해하시겠지.

▷ 아까 현정 쌤과 신나게 수다를 떨었다. 도대체 몇 살이냐고 추궁하고 지아의 과자를 나눠 먹었다. 내가 현정 쌤에게 먼저 상담을 해 달라고 하고 오늘 설사를 했다고 얘기했더니, 약을 하나 줄이겠다고 하신다. 주치의 선생님 방문 때 미리 좀 얘기해 달라고 건의하니, 현정 쌤이 "너 민수 쌤한테 마음 있지?"라며 웃었다. 나는 매우 당황했지만 정색을 하고 방탄소년단 정국이를 좋아한다며 넘어갔다.

이렇게 지아, 나, 현정 쌤이 놀고 있는데 밖에서 지훈이가 나를 부르며 8시까지만 같이 있어 달라고 했다. 하지만 현정 쌤이 큰 소리로 안 된다고 얘기해주셨다. 나는 박수를 치며 "아이고 쌤 감사합니다"라고 했다.

    잠깐 지훈이 얘기를 하자면, 내일 오전에 퇴원을 한다고 한다! 이제 마음껏 밖에 나갈 수도 있고 죽음에 대한 위협을 느끼지 않아도 된다. 하지만 내일 지훈이가 나에게 고백을 하겠다고 경고를 했기 때문에 끝까지 긴장을 풀지 말아야겠다. 만약 고백을 하면 "나는 네가 동생으로밖에 보이지 않아. 미안해"라고 거절을 해야지.

    ▷ 여하튼 나는 현정 쌤에게 계속 장난을 쳤다. 본판불변의 법칙_못생겼다고 장난치는 말, 손 하나는 예쁘다. 나이 추궁. 나의 약 이름을 알고 계시니까 멋있다고 하는 등. 지아는 우리 둘이 현실 자매 같다고 했다. 나는 '현정 언니'라고도 했다. 현정 쌤은 나한테 거절을 잘 못하는 성격이냐며, 지훈이가 오거나 부르면 완전히 거절을 하라고 하셨다. 나는 누가 봐도 지훈이를 싫어하는 걸 알 정도로 거부하고 있다고 답했다. 그리고 장난으로 "제가 너무 착해서요"라고 했더니 현정 쌤이 동의하셨다.

    ▷ 8시 20분경이다. 즐거운 마음으로 드라마를 보러 가야겠다. 오늘만큼은 지훈이가 내 옆에 와도 너그러운 마음으로 봐줘야지.

7월 23일 화요일

▷ 오전 8시경이다. 방금 아침 투약을 마치고 왔다. 투약할 때는 모든 환자가 줄을 서서 간호사가 주는 약을 받는다. 어쩌다가 지훈이가 내 바로 뒤에 서게 되었는데, 한다는 말들이 아주 가관이다.

"누나, 가기 전에 머리 한 번만 쓰다듬어 봐도 돼요?"
"누님, 사랑합니다."

앞의 말의 경우 싫어하는 티를 내며(정색이 더 좋은 단어겠다) 안 된다고 했고, 후자의 경우 말끔히 무시했다. 두세 사람 정도 앞에 서 있던 준이가 들을 정도로 크게 얘기하니까 준이가 "방금 내가 잘못 들은 게 아니지?"라며 놀랐다. 내가 그렇게 싫어하는 티를 내는데도 끝까지 포기하지 않는 지훈이의 근성이 존경스럽기까지 했다. 그래도 지훈이가 퇴원

177

하기 직전에는 의리상 얼굴은 보여줘야겠다.

▷ 지아에 의하면 오늘 자신과 민준이, 준이 모두 외출을 간다고 한다. 지훈이도 퇴원하면 민철이와 나밖에 남지 않는다. 민철이가 나보고 들어가지 말고 놀아달라고 할 것 같은데, 졸린 척하고 들어와 그동안 미처 읽지 못했던 책을 좀 읽어야겠다.

▷ 오전 10시 반경이다. 지훈이가 흉측하게 생긴 새로운 환자에게 이유 없이 얼굴을 맞았다. 이것마저도 무시하면 너무 매정한 것 같기도 했고, 유독 기분이 좋았던 상태라 일단 로비에 나왔다. 지훈이는 "아무렇지도 않아요"라며 괜찮다고 했다. 나는 그 이상의 대화를 막기 위해 얼른 방으로 갔다. 다행히 맞은 것 때문에 지훈이가 산책을 못하게 된 덕분에 정말 오랜만에 산책을 했다.

▷ 중복과 대서가 지나 무더운 여름이 시작되었다. 바깥으로 나가자마자 뜨거운 햇볕이 내리쬐었다. 나는 서현이 이모와 함께 걸었다. 나는 말이 많은 편이 아닌데, 서현이 이모는 꽤 수다쟁이다. 하지만 이럴 때는 수다쟁이도 좋다.
산책의 또 다른 묘미는 주치의 선생님이 인도하신다는 것이다. 물론, 산책을 할 때는 본체만체 말 한 마디 하지 않지만, 조금이라도 더 볼 수 있어서 좋다.

▷ 산책을 마치고 병동으로 돌아오는 길에 별로 안 친하던 보호사 선생님께서 "다올이 이제 홀가분하겠네? 그래도 좋은 거 너무 티내지 마라" 하면서 말을 건넸다. 나는 그 보호사 선생님까지 아시는 게 놀라워서 "선생님도 알아요?"라고 여쭤보았다. 선생님은 다 아는데 모르는 척하는 거라고 하셨다. 이 때문에 나는 활짝 웃으면서 병실에 돌아왔다. 마침 주치의 선생님과 눈이 마주쳤는데, 내가 웃는 모습을 보고 선생님도 크게 웃어주셨다.

▷ 오후 5시경에 또 주치의 선생님이 오셨다. 기분은 어떤지, 오늘 종일 무슨 생각을 했는지 물어보셔서 나는 종일 지훈이 퇴원 생각을 했다고 대답했다. 선생님은 그럴 줄 알았다는 듯 웃으셨다. 심리검사 결과는 내일 알려주겠다고 하셨다. 오늘은 주치의 선생님이 매우 좋은 날이었다. 선생님이 어떤 생각을 했는지 물어보셨을 때, 조금 머뭇거리며 "이런 얘기 해도 되는지 모르겠는데"라며 입을 열었더니 선생님께서 내 말을 끊고 "해도 돼요"라고 하셨다. 아… 설렜다.

7월 24일 수요일

▷ 오전 6시 반경이다. 조금 가라앉는 기분은 있지만, 그럭저럭 괜찮다. 잠도 중간에 한 번 깨어난 것 말고는 잘 잤다.

▷ 뉴스를 보니 난리가 났다. 일본이 한국에 대한 수출을 규제하는 바람에 일본 제품 불매운동이 벌어지고 있다. WTO 회의에서 한국은 일본의 잘못을 규정대로 조목조목 짚을 것이고, 일본은 이를 피해가려는 논리를 펼칠 것이라며 두 국가 간의 팽팽한 긴장감이 돌고 있다고 한다. 설상가상으로 러시아 공군은 우리의 영공인 독도, 울릉도 영공을 침범했는데, 항의를 했더니 중·러 연합군의 군사훈련이었다는 대답이 돌아왔다. 밉상인 일본은 심지어 독도는 자신들의 영토인데 뭐하러 한국이 통제를 하느냐며 끼어들었다. 우리끼리 힘을 뭉쳐도 모자랄 판인데, 안타깝게도 여당과 야당이 힘을 합치고 있지 못하고 있다.

▷ 오전 9시 반경이다. 요새 내가 읽고 있는 책은 혜민 스님의 <고요할수록 밝아지는 것들>이다. (앞으로 책에서 읽은 인상 깊은 구절들도 일기에 써 나갈 생각이다.) 두 번째 읽는 책이지만 아직도 이해가 되지 않는 글귀가 있다. "소중한 무언가를 잃는 경험을 할 때 그 아픔으로부터 나를 보호하기 위해 세상을 원망하면서 마음의 문을 닫아버릴 수도 있지만, 나의 존엄성을 지키며 깊은 사랑으로 응답할 수도 있습니다." 다른 건 몰라도 '나의 존엄성을 지키며 깊은 사랑으로 응답'한다는 게 어떤 의미인지 잘 모르겠다.

하지만 지금 생각해보면 조금 알겠다. 나는 처음에 인생의 가장 중요한 시기이면서 고생길의 거의 막바지인 고3 때 나에게 이런 시련을 줬는지 원망하고, 어떻게 해야 할지 몰라서 나 자신을 해쳤다. 나의 존엄성을 나 스스로 무시한 것이다. 하지만 지금은 그 시련이 좋은 경험과 기회가 되었고, 주어진 시간에 내가 그동안 놓쳤던 것들을 찾아보려는 노력을 하면서 내 존엄성을 지키고 나 스스로 사랑하려고 애쓰고 있는 것 같다. 이 구절을 나는 이렇게 이해하려 한다.

▷ 오후 프로그램을 마쳤다. 두 개의 팀으로 나누어 '여름' 하면 떠오르는 단어 세 개를 적고 스무고개를 했다. 다음으로는 3일 후, 일주일 후, 1개월 후, 5년 후의 나의 모습을 쓰고 그것을 이루기 위해 지금 내가 해야 할 일을 쓰는 활동이었다. 나는 내가 사서가 된 모습을 상상하며 글을 썼다. 공주대학교에 문헌정보학과가 있는데, 성적이 되는지는 찾아

봐야겠다. 하지만 지금도 이런 생각을 하면 울고 싶고 숨이 턱턱 막힌다. 퇴원 후 재입원까지도 상상 중이다.

▷ 활동 막바지에 나는 이렇게 말했다.

"평생 힘들지 않으면 좋겠는데 그럴 리가 없으니까 힘든 일이 닥쳤을 때 극복할 수 있는 힘이 있으면 좋겠어요."

진행하시던 선생님께서는 센스 있게 어른들에게 답을 물어보셨다. 서현이 이모는 마음을 독하게 먹어야 한다고 하셨고, 도윤이 삼촌은 다양한 경험을 하기를 권유하셨다. 김성현(가명) 할아버지는 마음먹기에 달렸다고 하셨고, 다현이 이모는 용기를 가지고 신앙이 있다면 신앙의 힘도 빌리라고 조언을 해주셨다.

모두 옳고 좋은 말씀이었지만 그중에서도 내게 가장 큰 도움이 되었던 말씀은 도윤이 삼촌과 김성현 할아버지의 말씀이었다. (참고로 도윤이 삼촌은 굉장히 지혜롭고 똑똑한 분이어서 내가 퇴원할 때까지 많이 좋아하고 의지했다.)

중학교 때까지 내 삶은 정말 평탄했다. 공부도 열심히 해서 전교 1~2등도 해 봤고, 반장과 부반장도 여러 번 했다. 교내 대회는 물론 교외 대회에서도 우수한 성적을 거두었다. 심지어 졸업할 때는 교육감상을 받기도 했다. 이런 삶을 즐기던 나에게 고등학교 1학년 때 사춘기가 찾아왔다. 성적은 점점 내려갔다. 국영수는 못하지는 않았지만 과학과 사회 과목은 당일 공부해서 3등급~5등급까지도 나왔다. 친구들과의 사소한 문제도 있었기 때문에 학교에 적응하기가 참 힘들었다.

하지만 정규 수업만 받고 엄마와 많이 놀러 다니면서 점점 적응할 수 있었다. 2학년 1학기 때는 엄마가 공부를 조금 강요했다. 엄마의 마음을 충분히 이해한다. 내가 공부를 정말 안 했기 때문이다. 하지만 나는 학원이 끝난 밤 10시에 학원 계단에서 가방을 던질 정도로 공부가 싫고 힘들었다. 이때 처음으로 칼로 팔에 살짝 자해를 하기 시작했다.

2학년 2학기 때는 (지금 보면 경조증의 시작이었다. 조절할 수 없을 정도로 늘 들떠있었다.) 갑자기 에너지가 넘쳐 한 시간이나 30분만 자도 수업 시간에 졸아본 적이 없었고, 공부도 열심히 해서 내신을 1.9대로 올리기도 했다. 하지만 3학년 때 이렇게 폐쇄병동까지 오게 되었다. 어리다고 하면 어린 나이에 참 다양한 경험을 했다.

나에 대해 조금 더 생각해보며 시련을 조금씩 이겨내는 과정에서 나의 마음의 힘은 점점 증가할 것이다. 또, 세상을 원망만 하지 말고 그 상황에서 내가 어떻게 하면 좋을지 생각할 수 있는 마음을 길러보는 것도 좋은 방법이다. 오랜만에 프로그램을 통해 얻은 것이 있는 것 같았다.

▷ 오후 4시 40분. 내 병명이 나왔다. '양극성 장애 2형'. 선생님들이 하시는 질문에서 대충 양극성 장애일 것으로 예상을 했기에 크게 놀라지는 않았다. 오히려 내 병명을 드디어 알게 되어 후련했다.

선생님은 왜 내가 진로에 관한 얘기를 꺼내지 않고 숨기는지 물어보셨다. 나는 그동안 숨겼던 이유를 말씀드렸다. 내게 있어 엄마는 너무 무서운 존재였다. 물론 엄마의 도움으로 많이 성장했지만, 초등학교 때 내가 한 선택의 대부분에 엄마가 혼을 내셨기 때문에 고2 때까지는 어떤 선택을 하든 꼭 엄마와 상의를 해야 했다. 아니면 과반수였다고 둘러대거나, 가위바위보에서 졌다고 하면서 거짓말을 했다. 또, 엄마는 내가 있는 앞에서 다른 사람의 평가를 많이 했다. 그래서 지금까지도 나는 타인이 나를 어떻게 평가할 지에 대해서도 신경을 많이 쓴다.

선생님은 이제야 이해를 하신 듯 "그럼 저 역시 다올이가 생각하고 있는 진로에 대해 평가를 할까봐 두려운 거군요"라고 하셨다. 그러고는 "다올이한테 저는 어떤 존재인가요?"라고 물으셨다. "진솔한 분이시죠." 지금 생각하면 "고맙고 진솔하셔서 많이 신뢰하는 분이시죠"라고 말할 걸 그랬다.

▷ 저번에 진행했던 심리검사의 결과도 나왔다. 우선, 엄마의 경우 그동안 생계를 꾸려나가야 한다는 막중한 책임감 때문에 에너지가 소진되었는데, 그 에너지를 얻을 곳이 부족해서 오빠나 나에게 표현을 잘 못한 것 같다고 하셨다. 눈물이 조금 났다. 알고 있었지만, 엄마도 많이 힘들었구나… 나는 아직도 불안이 많이 내재돼 있다고 한다. 그냥 마음이 착잡할 따름이다. 기분이 이상하다.

7월 25일 목요일

▷ 오전 7시경이다. 어제 저녁에 갑작스럽게 지아의 퇴원 소식을 들었다. 씻고 병실에 들어왔는데, 지아가 내일(즉, 오늘) 퇴원한다고 얘기했다. 이제야 친해지기 시작했는데, 또 다른 헤어짐이 있게 되어서 아쉬웠다. 어제 저녁에는 지아에게 편지를 썼다. 언니 노릇을 못해서 미안하고, 먼저 다가와줘서 고맙다고. 내친김에 민준이의 편지까지 미리 썼다.

▷ "인간의 일생이라는 것이 모두 자기 자신에게 도달하기 위한 여정이다. 신은 우리를 여러 방식으로 외롭게 만들어서 결국엔 우리 자신에게로 향하도록 이끈다." 세 번째 읽을 때야 그 의미를 알게 되었다. 계속 반복되어 쓰게 되지만, 겨우 열아홉 살의 나이에 그동안 해왔던 모든 것을 다 버려야 할 위기까지 오게 되었다.

185

근 40여 일을 학교에서 남모르게 화장실에서 울었고, 병동에서도 외로움을 견뎌내기위해 시간이 조금 걸렸다. 그 과정에서 나는 병동 생활에서의 목표 두 가지를 막연하게 세웠다. '책 많이 읽기' 그리고 '진정으로 좋아하는 것 찾기'.

나는 그동안 대회, 동아리, 내신시험, 숙제 등을 동시에 하면서 안정성 하나만 믿고 영어교사라는 꿈을 내 머릿속에 세뇌시켰다. 하지만 솔직히 자신이 없었다. 드센 중학생 애들과 부모님을 내가 감당할 수 있을지, 그리고 학교에서 배우는 영어를 싫어하는 내가 아이들에게 영어를 가르칠 수 있을지. 내 삶의 기준이 나에 의해서가 아니라 사회에 의해서 정해진 것이다. 혹독한 과정을 거친 뒤에야 나는 나에 대해 조금씩 생각하고 있다. 물론, 앞으로도 힘든 가시밭길을 걷느라 많은 눈물을 흘릴지 모른다. 하지만 위의 문구 덕분에 왜 나에게, 이렇게 중요한 시기에 이런 일을 주셨는지 대충은 알 것 같다.

▷ 오후 6시 반경이다. 새로운 아이가 왔다. 이름은 이유진이고 입원은 처음이 아닌 것 같다. 아직은 몇 살인지도 모르고 주치의 선생님이 누구인지도 모른다. 공부는 꽤 잘하는 것 같다. 문제집도 가져왔으니 말이다. 하지만 나는 아직도 문제집만 보면 숨이 막히고 울 것만 같다. 일단 남동생들의 관심이 유진이에게 쏠려 조금은 내 시간이 있을 듯하다.

▷ 지금 기분은 매우 안 좋다. 사회복지사 쌤과 상담을 하며 오늘 오

전에 느낀 생각을 얘기하는데도 기분이 계속 가라앉았다. 동생들과 놀아줄 기분이 아니어서 도윤이 삼촌 옆에 앉아 이런저런 얘기를 했지만 계속 기분이 가라앉는다. 너무 우울하다.

▷ 약물 부작용으로 체중이 조금 늘었다. 어쩐지 너무 입맛이 당긴다 했다. 병동에 들어와서 살이 부쩍 많이 쪘는데, 슬슬 관리를 시작해야겠다.

▷ 밤 9시경이다. 8시쯤에 화장실에서 이어폰으로 목을 졸랐다. 이번에도 우울감을 벗어나지 못했던 것이다. 다시 mp4와 이어폰을 빼앗겼다. 오늘은 저번보다 더 심하게 했다. 어지러워서 손과 발이 떨리고 세상이 검게 보였다. 귀에서는 바닷물에 잠긴 듯한 소리가 들려왔다. 이어폰도 이중으로 감고 횟수도 훨씬 많이 했다. 8시에 투약이라서 간호사님이 내 이름을 불렀는데, 꼬박꼬박 잘 나오던 내가 약을 먹으러 오지 않으니 수상했나 보다. 병실에도 없고 로비에도 없어서 결국 보호사 선생님이 화장실에 들어와 나를 불렀지만, 나는 대답하지 않았다. 약은 먹어야 하니까 보호사님이 나가고 이내 곧 약을 먹으러 갔다.

정우 쌤도 내 목이 빨간 것을 보고 눈치를 채신 것 같았다. 하지만 나는 긁은 거라고 거짓말을 했다. 약을 먹고 곧바로 다시 화장실에 갔다가 여자 간호사님께 들켰다. 바로 안전방행 그리고 생각하는 글쓰기 실시. 다음번에는 어떻게 하겠냐는 질문에 "솔직히 다음번에도 안 할 거라는 자신이 없어요. 같이 방법을 찾아주세요"라고 적었다. 지금 작은 빨간 반점들이 목을 둘러싸고 있다.

7월 26일 금요일

▷ 오전 6시경이다. 기분이 계속 가라앉는다. 다행히 상처는 많이 줄어들었다. 엄마가 발견할 일은 없을 것 같다. 주치의 선생님과는 이 문제에 대해 얘기하고 싶지 않은데, 어쩔 수 없이 얘기하게 될 것 같다.

▷ 어제 소연이가 재입원을 했다. 이제는 진짜 친구가 생겨 덜 외로울 것 같다. 또 단순한 남동생들이 새 누나인 소연이에게 시선이 쏠려 나만의 시간을 가질 수 있을 것 같다. 그런데 지금은 기분이 너무 가라앉아 울고 싶은 심정이다.

▷ 오후 1시 10분경이다. 지금 기분은 최악이다. 밖에서 나를 제외한 청소년들끼리 오순도순 모여 이야기꽃을 피우는 중이다. 아무도 나에게 관심을 주지 않는 것이 너무 좋다. 지금 이런 기분에 누가 말을 시키면

정말 짜증이 날 것만 같다.

▷ 나는 어쩔 수 없는, 그리고 불가피하게 고3이다. (계속해서 반복하는 것 같지만 나에게는 가장 큰 주제이고 단 하루도 빠짐없이 생각했던 주제다.) 입시를 피할 수 없다. '입시' 두 글자만 생각해도 벌써 숨이 막히고 울 것 같다.

오늘 내신 성적을 들었는데, 생각보다는 잘 나왔다. 2점대(국영수사만 포함하면 2.3이고, 국영수사과를 포함하면 2.6이다)라고 한다. 2학년 2학기 때 국어 1, 영어 1, 수학 2가 나오고 나머지 과목들도 모두 3점대 이내로 들어와서 성적이 꽤 나온 것 같다. 3학년 1학기 기말고사도 안 봤고 중간고사는 반밖에 공부를 안 하고 시험을 본 것 치고는 정말 높은 성적을 거둔 것이다. 지금 돌아보면 1학년 때 그리고 2학년 1학기 때 사춘기라고 공부를 안 했다고 하지만 그 상황에서는 꽤 열심히 살았나 보다.

아직까지는 꿈이 사서여서 문헌정보학과를 생각 중이다. 오늘 면회 때 엄마와 이런 얘기를 나누었다. 엄마가 내 자해 상처를 발견하셨다. 내가 보지 못한 곳에 상처가 남아 있었나 보다. 엄마가 거의 울기 직전까지 갔다.

'죄송해요, 엄마. 병원에 있는 게 너무 힘들고 그렇다고 밖에 나가 지내기도 두려운 이도저도 아닌 사이에서 지내는 제 자신이 너무 싫어서, 그리고 답답해서 목을 졸랐어요. 죽을 의도는 없었어요. 사랑해요.'

▷ 밖에서 또 난리를 피운다. 나는 왜 여기에서 이런 꼴을 봐야 하는 걸까. 잘못한 것도 없는 것 같은데 왜 나는 혹독한 벌을 받고 있는 것만 같을까. 화장실에서 울다 왔다. 지금도 울라고 하면 울 수 있을 것 같다. 숨 쉬는 것이 벅차다. 숨을 쉬어야 할 이유도 모르겠다. 진지하게 이 상황에서 숨을 거두면 어떨까 고민했다. 살아야 할 이유가 완전히 사라진 것 같다. 혼자서 견뎌내기가 점점 힘들어진다. 오늘 사회복지사 선생님께 털어놓아야겠다.

▷ 오후 6시 20분경이다. 방금 샤워를 마치고 나왔다. 거의 죽음 직전까지 이르렀다가 이제 조금 정신이 나는 듯하다. 하지만 여전히 마음이 가라앉는다.

▷ 주치의 선생님과 10분 정도 얘기를 했다. 엄마가 낮에 입시 얘기를 괜히 한 것 같아 나를 조급하게 한 것은 아닌지 걱정했다는 내용이었다. 나는 오히려 이런 얘기를 어떻게 엄마에게 꺼내야 할지 고민 중이었는데 다행히 엄마가 먼저 꺼내주었다고 생각했다. 숨이 막혀도 직면해야 할 문제다. 엄마와 주치의 선생님은 아직 내가 많이 어리고 재수, 삼수를 하는 애들도 있으니 너무 조급하게 생각하지는 말라고 하셨다. 하지만 나는 지겨운 입시를 빨리 끝내고 싶다. 수능과 면접 없이 교과로만, 내신으로만 평가하는 대학을 찾아달라고 엄마에게 부탁해봐야겠다. 엄마한테 전화해서 그런 얘기를 하는 게 괜찮다고 했다. 엄마도 안

심하신 것 같다.

▷ 내일부터 일주일 동안이나 주치의 선생님이 안 오신다고 한다. 내 생각에는 휴가를 가시는 것 같다. 고생하신 우리 선생님이 푹 쉬셨으면 하는 마음도 있지만, 일주일이나 못 볼 생각을 하니 또 우울하다. 그래도 주말에는 원래 안 나오시니까 그럭저럭 잘 지낼 수 있겠지만, 주중이 걱정이다. 힘든 병동에서 유일한 낙이었던 주치의 선생님마저도 세상이 빼앗아간다. 어떻게 원망을 안 할 수 있을까?

7월 27일 토요일

▷ 새벽 6시경이다. 두꺼운 일기장을 다 쓰고, 새로운 일기장을 오빠한테 받았다. 새로운 출발인 듯한 느낌도 없지 않지만, 우울한 기분은 조금 남아있다. 오늘 네 시간 외출(원래는 여덟 시간이었는데 이어폰으로 목을 조르는 바람에 반으로 줄어들었다) 때 무엇을 할지 고민 중이다. 네 시간밖에 안 되는데 집에 가기는 아깝고, 그렇다고 노래방이나 이마트를 가기에는 집이 너무 그립다.

▷ 악몽을 꿨다. 내가 죽을 수도 있는 위험한 곳에 가는 꿈이었다. 다행히 더 심한 꿈으로 가기 전에 하린 쌤이 열과 혈압을 재러 오셔서 깨어났다. 악몽을 꾸고 나면 늘 쫓기듯이 깨어나 진이 빠진다. 지금도 약간 그런 느낌이 든다.

193

▷ 오후 6시 15분경이다. 샤워를 마치고 쾌적한 에어컨 바람을 맞으며 일기를 쓴다. 입원 후 주치의 선생님을 만난 것 다음으로 좋은 시간이다. 하루를 돌아봤다. 오전 내내 미친 듯이 우울했다. 괴로울 만큼 기분이 가라앉았다. 정각 12시에 엄마와 오빠가 와서 나를 데리고 갔다. 38일 만에 가는 집이었다. 들어가자마자 울었다.

그런데 이상한 점이 있다. 분명 고대하던 일이었는데 막상 집에 가니 그다지 좋지 않았다. 아마 낯설어서 그런 것 같다. 한 달이라는 시간이 무언가가 변하기에 충분한 시간인 줄을 오늘에야 깨달았다.

집은 내가 없는 사이에 많이 변해 있었다. 우선 고양이(냥냥이)가 생겼다. 고양이집도 생기고 장난감, 먹이들도 생겼다. 아직 어린 고양이라 귀엽기는 했지만 자꾸 움직여서 정신이 사나웠다. 털도 많이 날려 집에 있는 동안 내가 입고 있던 검은 옷에 털들이 달라붙었다.

컴퓨터도 사라졌다. 본체와 모니터가 모두 사라졌다. 고장이 나서 그렇단다. 대신 그 자리에 십자가가 놓여 있었다. 엄마가 천주교 신자가 되었다는 신호다. 거실 바닥에 누웠는데 바닥이 너무 딱딱했다. 병원 침대가 조금 푹신한 편인데, 30여 일을 그 침대에 누워 있다가 바닥에 누우려고 하니 여간 불편한 것이 아니었다.

가족도 나에게 적지 않은 부담을 줬다. 내가 퇴원을 하면 모든 집안일을 내가 다 해야 할 것처럼 말했다. 쉬려고 간 집에서, 가족에게 적지 않은 실망을 했고 불편했다. 집도 싫고, 병원도 싫다. 나는 참 이기적이다. 가족들의 보살핌을 계속 원하기 때문이다. 집에 있으면서 황당했던

것은 이뿐만이 아니었다. 고양이 냥냥이는 낯을 가린다. 내가 낯선 사람
이라고 여기는 모양이었다. 나는 분명 주인인데 '낯선 사람'이다. 온 지 한
달도 채 되지 않은 고양이에게 주인 자리를 빼앗겼다.

　　▷ 집에 도착해서 우니까 엄마도 같이 울었다. 처음에는 그동안 힘
들었던 병동 생활에서 가족들의 품에 들어와 조금 숨통이 트이는 것 같
았다. 엄마는 그래도 병원에 간 덕분에 살았지 않았느냐며, 그 전에는
죽음의 문턱에 발을 댔었다고 하시며 우셨다. 일주일만 참으라고, 그 후
에는 의사 선생님이 안 된다고 하셔도 퇴원을 하자고 하셨다. 하지만 감
정에 충실하자면 퇴원 후 내가 돌아가야 할 속세가 너무 두렵다. 여전히
나는 이도저도 못하는 방랑자다. 얼른 이 방랑자 생활을 끝내고 싶다.
그럴 수만 있다면 이 세상 모든 신들에게 기도를 올리고 싶다.

　　▷ 그래도 집에 다녀오고 바깥 공기를 쐬고 나니 기분이 올라와 소
연이와 대화를 나누며 웃기도 했다. 소연이는 나와 비슷한 처지에 있으
면서 내게 힘을 주는 존재이기도 하다. 나만 이런 게 아니라는 것을 세
상이 증명이라도 하는 것 같다. 소연이는 아직까지 병동 생활을 잘 해내
고 있다. 민철이의 사랑을 독차지하고 있고, 프로그램에도 잘 참여해서
애들과도 금방 친해진다. 다만 너무 안 먹는 것 같아 걱정이 되지만 거기
까지는 내가 신경 쓸 부분이 아닌 것 같다. 아무튼 다행이다.

7월 28일 일요일

▷ 새벽 6시경이다. 몸무게를 측정하고 왔다. 이번에는 몸무게를 확인하지 않고 그냥 왔다. 보기가 조금 민망하기 때문이다. 아무쪼록 0.5kg이라도 빠졌으면 하는 바람이다. 기분은 조금 가라앉고 있고 잠은 중간에 한 번 깬 것 말고는 잘 잤다. 그래도 지금은 졸리다.

▷ "미안하지만 그 사람, 너를 쭉 무시하고 있을 만큼 너에 대한 관심이 없어. 남들이 너를 생각하고 있다고 너만 착각하고 있는 거야." 내 허를 찌르는 말이다. 나는 정말 소심하다. 내가 한 말이나 행동을 남들이 몇 번이나 곱씹으면서 혹여나 상처를 받지는 않을까 늘 신경 쓴다. 피곤한 일이지만 기질상 어쩔 수 없다. 즉, 남들의 눈치를 굉장히 많이 보고 있다는 얘기다. 또, 남들이 나에 대해 어떻게 생각하는지에 큰 에너지를 투자한다. 그러면서 내 약점과 내 생각은 숨기고 싶다. 남들이 내

196

약점과 가치관을 보며 비웃을까 두렵다. 어릴 적 엄마에게 혼났던 기억 때문인 것 같다.

어찌 되었든 나도 내 생각을 자유롭게 펼치고 남의 시선을 의식하지 않는 날이 왔으면 좋겠다. 만약 내 허점이 드러날 때면, 그 일에 대해 몇 십 번이나 곱씹으면서 심장이 뛴다. 매우 고통스럽다. 어쩌다가 내가 이 지경까지 왔을까.

▷ 오후 7시 반경이다. 오늘 저녁은 참 다이내믹했다. 우선 나와 유진 이가 자해를 하고 싶다며 간호사 선생님을 귀찮게 했다. (예전의 나였으 면 충동이 들 때 바로 자해를 했을 텐데 오늘은 로비에 있으면서 선생님 께 말씀드리고 참았다.) 그리고 소연이, 유진이와 함께 로비에 있을 때 민 준이가 죽을 것 같다며 힘들어했다.

안 그래도 민준이가 6일 연속 세 끼를 굶어서 수액을 맞는 중이라 걱 정이었다. 숨도 제대로 못 쉬고 얼굴도 창백했다. 비틀거리면서 침대에 가는데 여간 걱정되는 것이 아니었다. 민준이가 침대에서 조금 쉬다가 엄마에게 전화를 하러 간다고 했는데, 불길한 느낌이 들었다. 그동안 민 준이는 집에 전화를 할 때마다 울고 화를 냈다. 역시나 전화를 끊고 민 준이는 화를 냈다. 침실로 들어가 엄마도 무책임하다며 욕을 퍼부었다. 민준이는 주치의인 이정훈 선생님께도 쌓인 게 많았다. 내가 보기에는 퇴원이 답인 것 같다. 있기 싫은 병원에 계속 있으려니 부모님과 주치의 가 모두 원망스럽고, 병원 밥에도 물린 것 같다.

그렇게 민준이의 일이 일단락되자 이번에는 소연이의 공황이 시작되었다. 심장이 너무 빨리 뛰어 숨을 잘 못 쉬는 것 같았다. 마침 소연이 옆에 있었기에 나는 간호사님께 말씀드렸다. 간호사님과 보호사님은 이제야 저녁을 한 술 뜨려고 하신 것 같아서 안쓰럽고 말을 꺼내기 좀 죄송했지만 어쩔 수 없었다. 침실로 옮겨진 소연이는 이내 곧 원래 호흡을 되찾았다. 지금은 씻으러 갔다.

▷ 미혜가 나에게 편지를 썼다는 사실을 오늘에야 알았다. 내가 가져왔던 책에 질려서 미혜가 준 소설책을 꺼내 들었는데 그 속에 미혜의 편지가 들어 있었다. 미혜의 편지에서 가장 인상 깊었던 부분은 "거북이(?)들끼리 잘해보자고!"와 "나도 드디어 동지가 생겼네"였다.

솔직히 병원에 들어가면서 그동안 해왔던 공부를 쉬어야 한다고 했을 때 절망스러웠지만, 어쩌면 미혜도 나와 같은 처지라는 생각이 들어 심리적으로 많이 의지했다. 하지만 이 말을 미혜에게 하면 기분 나빠할까 봐 말을 하지 않고 있었는데 미혜가 '동지'라고 해주니 좋았다. 그리고 '거북이'라는 표현도 꽤 좋았다.

내가 미혜를 존경하는 이유는 '유학'이라는 폼나는 일을 해서가 아니다. 모두가 우물 안의 개구리가 되고 있을 때, 용기 있게 우물을 벗어나 주체적으로 본인의 삶을 만들어 가고 있기 때문이다. 미혜도 처음에는 많이 멈칫했을지도 모른다. 또, 지금도 내색하지 못한 채 힘들어하고 있을지 모른다. 하지만 자신의 삶에 자신감을 가지고 그 어려움들을 이겨내고 있다. 그런 미혜가 편지에 "너는 내 자랑스러운 친구니까"라고 해준 것이 너무나 고마웠다. 아, 잊어버리고 있던 편지 속 명언이 있다. "All is Well이니까!" 모든 것은 잘 될 거다. 정말 힘들 때는 이 말이 너무 천하태평이라며 비웃은 때도 있었지만 오늘만큼은 큰 위로가 된 것 같다.

▷ 오늘 낮에 소연이가 잠시 울었다. 내 상황과 비슷해서다. 우리는 그동안 해왔던 활동이나 공부에서 잠시 손을 떼고 이곳 병동으로 왔다. 기분이 좋을 땐 웃으면서 넘기지만 너무나 큰 벽이 우리 앞에 있는 것 같아 많이 두렵다. 소연이도 그런 이유에서 울었다. 나는 충분히 공감되고 마음이 아팠지만 당장 해줄 수 있는 말이 없었다. 조금 시간이 지나고 나서 편지로 내 속마음을 전달했다.

내가 요즘 혜민 스님의 책에서 접한 최고의 명언 '인간의 일생이라는 것은 자기 자신에게 도달하기 위한 여정이다'를 적고, "많이 힘들고 앞으로도 많이 울지 몰라도 나는 이번 기회에 바쁜 일상 속에서 혹사시켰던 내 몸을 돌보고, 몰랐던 나에 대해 알아보고 있어. 우리 천천히 가자. 거북이들끼리 잘해보자고!" (거북이라는 단어가 너무 좋아서 인용했다.) 하고 적었다. 저녁시간 때 슬그머니 소연이 사물함 위에 편지를 올려놓았다. 지금 보니 그 쪽지가 사라졌다. 소연이가 읽었나 보다. 조금이라도 위로가 되었기를 바란다.

제 7 장

2019년 7월 마지막 주
인생은 속도가 아니라 방향이다

7월 29일 월요일

(40일째 되는 날!)

▷ 새벽 6시 반경이다. 오늘로 병원에 입원한 지 40일째, 6주째를 앞두고 있다. 기분은 약간 가라앉았지만 어제보다는 나은 것 같다. 정혜신 님의 <당신이 옳다>라는 책을 읽다가 집중이 안 돼서 일기를 쓴다.

▷ 지현이가 너무 시끄럽다. 지현이는 19일 차 일기에서 나왔던, 먹는 것을 정말 좋아하는 친구로 약간의 자폐 성향이 있다. 다른 분들이 다 주무시고 계신데 박수를 크게 치질 않나, 옷을 올려 배를 드러낸 채 배를 때리며 노래를 부르질 않나, 공책을 세게 넘기질 않나, 혼잣말을 하다가 노래를 부르질 않나… 몇 번은 지현이의 병이라고 이해하고 넘어갔는데, 이제는 도저히 못 참겠다. 그동안 쌓인 것도 많다. 본인이 배가 고플 때면 사물함을 다 뒤져서라도 누가 어떤 음식을 가지고 있는지 알아낸 다음, 줄 때까지 달라고 귀찮게 한다. 또 본인이 하면 될 걸 꼭 "지금

몇 시 몇 분?"이냐며 남이 시계를 보고 오게 한다.

아무리 병이라 해도 짜증 난다. 샤워를 할 때 알몸으로 화장실을 돌아다녀 여자 환자들을 민망하게 만든다. 지현이는 내게도 항상 색종이를 몇 장씩이나 달라고 해서 짜증이 났는데, 지금은 일단 색종이를 줘서 입막음을 한 상태다. 내일 퇴원이라니 정말 다행이다. 휴….

▷ 갑자기 든 생각이 있다. 나는 고2 때까지 내가 하는 모든 선택에 '엄마가 싫다 하면 어쩌지?'라는 생각을 하며 혼날 것을 두려워했다. 그래서 선택하는 상황이 있었다는 것조차 밝히지 않거나 다수결로 결정한 거라 나도 어쩔 수 없었다며 거짓말을 했다. 초등학교 6학년 때 친구와 영어 말하기 대회를 나갔는데, 대본으로 할 영어책을 잘못 골랐다며 친구가 있는 앞에서 전화로 매우 크게 혼이 났다. 지금 보면 엄마의 꾸중 덕분에 내가 많이 성장했을지는 몰라도 그때 조금만 나에게 자기결정권과 자신감을 심어주었으면 어땠을까 하는 생각도 든다.

▷ 오후 6시 반경이다. 준이가 자해를 했다. 유진이 얘기를 언뜻 들어보니 준이는 보호입원(강제입원)으로 바뀌었다고 한다. 병원이 허락해야 퇴원을 할 수 있는, 환자들에게는 매우 두려운 조치다. 오늘 낮까지만 해도 엄마가 퇴원하면 뭘 할지 적으라고 했다며 신나게 소연이에게 도움을 청했는데, 왜 한순간에 엄마가 마음을 바꾸었는지 모르겠다. 준이가 매우 안쓰러웠다.

유진이가 나에게 알려준 걸 알면 싫어할까 봐 모른 척하며 목이 빨간 준이에게 왜 자해했냐고 물었다. 나도 어리지만, 나보다 다섯 살이나 더 어린 중1짜리 아이가 너무 힘들어 보였다. 보호사 선생님이 준이와 얘기하시겠다고 하셔서 나는 샤워를 하러 들어갔다. 샤워를 마치고 나오니 준이가 로비에서 얌전히 TV를 보고 있었다. 그러면서 나를 조금 의식하는 듯 계속 나와 눈이 마주쳤다.

머리를 말리고 빗고 나서 물을 뜨러 로비에 갔다. 그러고는 준이 옆에 앉았더니 자해 상처를 보여주었다. 지금까지 자해한 것 중 제일 심한 것 같았다. 서현이 이모가 간호사나 보호사 선생님들께 들키지 않게 약을 발라주셨다. 나는 준이와 대화를 시작했다.

"지금 기분은 어때?"
"안 좋아."
"무슨 일인지 얘기해줄 수 없어?"
"응, 힘들어."

잠깐 침묵이 흘렀다. 나는 "나중에 얘기해줄 수 있을 때 얘기해줘. 힘내고!"라고 말하며 준이 머리를 쓰다듬어주고 일어나 방으로 왔다.

▷ 오늘 기분은 매우 좋지도, 매우 나쁘지도 않았다. −10부터 10까지 단계 중에서 −3과 2 사이 정도 되겠다. 저녁을 먹고 샤워를 하기 전에 애

매하게 20분 정도 남았는데, 침대 벽에 기대어 앉아있으니 왠지 좀 우울해지면서 눈물이 고였다.

▷ 민준이가 요새 나를 가지고 논다. 내가 민준이보다 준이가 더 잘생겼다고 한 적이 있는데, 삐친 것 같다. 또, 지아가 퇴원하면 종일 밖에 나와서 자신과 놀아준다고 했는데, 잠만 잔다며 자기를 배신했다고 놀린다. 준이가 더 잘생겼다고 한 데 대해서는 매일 사과를 하고 있고, 같이 놀아줄 사람은 소연이와 유진이도 있지 않냐며 반박하지만 민준이는 아주 막무가내다. 이젠 누나라고 안 할 때도 있다. '다올'만 크게 말하고 '누나'는 작게 말하는 식이다. 처음 만나는 동생이라는 존재에 조금씩 익숙해지고 있다. 솔직히 너무 익숙해져서 이젠 모든 동생들이 귀찮고 그냥 혼자 있고 싶을 때도 있다. 민준이에게는 미안하지만^^

7월 30일 화요일

▷ 새벽 6시경이다. 오늘도 어김없이 약간 가라앉는 느낌이 든다. 하지만 방금 정말 감동적인 순간이 있었다. 세상에, 지현이가 나에게 잘 잤냐고 물어본 것이다! 지현이는 원래 자기가 궁금한 걸 물어본 후 대답을 듣고 그냥 쌩하고 가버리거나 자기가 하고 싶은 말만 한다. 그런 지현이가 나에게 잘 잤냐고 물어본 것은 상당히 이례적인 일이다. 지현이가 고맙기까지 했다. 처음으로 지현이가 좀 괜찮은 친구처럼 보였다.

▷ 어제 저녁부터 밤까지 굉장히 고통스러웠다. 누가 내 목을 계속 조르는 것 같았다. 이런 상태에서 밖에 나가 '여름아, 부탁해'를 보기는 좀 무리였다. 애들도 내 상태를 알았는지 따로 부르지 않았다.

▷ "혹시 나와 같이할 친구가 없어 외로운 이유가 한 친구에게 너무

도 많은 것을 바라기 때문은 아닐까요?"(책 속에 있던 구절) 나는 늘 나와 꼭 맞는 친구가 없어 낙심했다. 그리고 민약 나와 친구가 안 맞는 면이 있으면 친구의 비위를 맞췄다. 그 친구로부터 버려질 것 같다는 생각 때문이다. 처음 해보는 일이라 어색하고 눈치가 많이 보이겠지만, 이젠 더 이상 나와 다른 것을 가진 친구에게 기죽지 말고 당당히 말하고 싶다.

▷ 오후 5시쯤 된 것 같다. 우리 병실에 새로 오신 환자가 있다. 이름은 고다은이고 연세는 만으로 마흔여섯 살이다. (나중에 알게 된 사실인데, 승민이의 어머니였다.) 목에 작은 타투를 새겼는데, 그 부분이 매력적이다. 왜 들어왔는지 병명은 모르겠지만 병원에 입원해야 하는 것은 분명하다.

보호사님과 그분이 어떤 대화를 나누고 계셨는데, 그분이 살짝 신경질이 난 듯했다. 늘 있은 일이라 대수롭지 않게 여겼는데, 갑자기 그분이 매우 화를 내며 자리를 박차고 일어나더니 단추가 다 풀어질 정도로 세게 환자복을 벗고 병실로 가 침대를 발로 차고 물건을 던졌다.

보호사님 두 명과 정우 쌤(남자 간호사 쌤)이 병실로 가서 그 환자를 가로로 들고 안전방으로 끌고 갔다. 안전요원도 호출되었다. 그 환자는 미친 듯이 소리를 질러댔다. 소연이, 유진이와 나는 병실로 들어와 무슨 일이 일어났는지 보았다. 침대 두 개가 제자리에서 벗어나 있었고, 고다은 이모의 물건은 바닥에 널브러져 있었다. 우리는 침대를 원상복귀시키고 물건도 정리해드렸다.

▷ 유진이가 자해를 했다. 간호사님에게 들켜서 안전방에서 '생각하는 글쓰기'를 하고 왔다. 그런데 병실에 들어오니 상태가 더 안 좋아져 병실 벽에 자꾸 머리를 박았다. 그러다가 일어나서 화장실로 향했다. 나도 재빨리 따라가서 문에 귀를 대고 소리가 들리는지 기다렸다. 내가 해봐서 아는데, 화장실에서 세게 머리를 박으면 쿵쿵 소리가 밖에서 들린다. 다행히 소리가 나기 전에 보호사 쌤 두 분과 간호사 쌤 한 분, 수간호사 쌤이 오셨다. 나에게 병실로 들어가 있으라고 하셨다. 방금 전까지 우리랑 로비에서 웃고 떠들던 유진이가 잔뜩 화가 나고 우울한 표정으로 있으니 나도 혼란스러웠다.

▷ 지금 내 기분은 기쁨에 우울이라는 불순물이 함께 있는 것 같다. 웃기는 하는데 그렇게 좋은 기분이 아니다. 계속 가라앉는다. 그래도 로비에 나와 있으면 어제보다 기분은 나은데, 자꾸만 더러운 기분이 올라온다. 감정 기복은 없는데 뼛속까지 깊게 박힌 우울의 뿌리를 뽑지 못한 것 같다. 심지어 예전에는 가라앉는 기분 없이 어떻게 살았을까 싶다. 그리고 자해에 대한 충동도 완전히 사라지지 않았다. (물론, 이를 해소하기 위해서는 많은 노력과 시간이 필요할 것이다.)

▷ 내일이면 내가 병동에 와서 지낸 지 6주가 된다. 그 기념으로 친구인 민서에게 전화를 했다. 서로 안부를 묻고 그동안 못했던 수다를 떨고 있었는데, 그러는 내내 한 환자가 날 계속 쳐다보았다. 자꾸 눈이 마

실려가는 고다은 님

주치기에 왜 그런가 했다. 전화를 끊고 돌아서는 순간, 그분이 나에게 다가오며 화를 냈다. 간호사님이 말리니까 "저 **년이 나한테 욕하잖아요!"라고 했다. 다행히 간호사님이 나를 방으로 데리고 간 덕에 맞지는 않았다. 그 후로도 그분은 의료진에게 내가 자신을 욕했다며 항의를 했다. 나는 그분이 환청이 들린다는 것도 알고 있었고, 내 바로 앞에 간호사 선생님이 계셨기에 여유가 있어서 크게 놀라지는 않았다. 오히려 간호사님께 "선생님은 괜찮아요?"라고 물어볼 정도였다. 살다 살다 이런 경험을 하다니 웃음이 다 나온다. 그래도 밖에 나가면 안 될 것 같다. 또 자극하면 안 되니까.

7월 31일 수요일

(6주째 되는 날!)

▷ 새벽 6시경이다. 오늘은 좀 특별한 날이다. 민서(작년에 두 차례 이 병동에 입원했던 친구)는 6주 만에 퇴원을 했다던데, 나는 6주가 되는 오늘도 병동에서 일기를 쓰고 있다. 6주가 되는 날이라 괜히 들떠서 나 자신에게 보상해주고 싶고, 기념 이벤트를 하고 싶다. 오늘은 담임 쌤께 전화를 드릴 것이다. 7월 13일에 선생님과 만났었는데, 18일 만에 전화를 드리는 것이다. 저번에 면회에서 내가 담임 쌤께 전화를 너무 안 하니까 섭섭할 뻔했다고 하셨는데, 이번에도 그렇게 생각하실지 모르겠다.

▷ 6주면 한 달 반. 그동안 참 많은 일이 있었다. 처음 일주일 동안은 적응 기간으로 거의 반죽음이었다. 낯선 곳에서 가족과 처음으로 떨어져 지내면서 낯선 사람을 무서워하고 거의 매일 울며 안전방에 갔다. 불안의 여파가 남아 아침마다 긴장을 했고 자해도 했다. 상황을 완전히 받

211

아들이지 못해 많은 눈물을 흘렸다. 요즘에도 우울해하고 자해도 하지만, 그래도 그 안에서 해결책을 찾고 있다.

이제는 자해하기 전에 간호사 선생님께 먼저 말씀드리고 충동을 이겨내보려고 노력도 많이 하는 경지에 이르렀다. 잠도 잘 잔다. 솔직히 이제는 집보다 이곳이 더 편할지도 모른다는 생각이 든다. 쾌적해서 여름인 줄도 모르고, 가족들도 나에게 잘해주니까 눈치 볼 걱정도 없다. 오히려 내가 병동에 입원하면서 가족들과의 시간이 더 많아진 것 같다. 흩어졌던 가족이 면회 때 나를 보려고 모이기 때문이다. 일단 이번 주는 주치의 선생님이 안 계시니 퇴원은 불가능하다. 하지만 곧 8시간 외출과 외박이 가능해질 것 같다. 수고했어, 다올아!

▷ "인생은 속도가 아니라 방향이다."(괴테) 워낙 유명한 말이라 전에도 많이 접했는데 요새 들어 공감이 특히 잘 되는 것 같다. 이 짧은 한마디가 나에게 큰 위안이 된다고 해야 옳은 표현일 것 같다. 인간에게는 수많은 길이 놓인다. 본인에게 잘 맞는 길도 있겠지만 안 맞는 길도 있고, 잘 맞지만 큰 산을 넘어야 하는 길도 있다. 인간의 삶이 그토록 고통스러운 이유는 수많은 길 중 최선의 길을 찾으려고 하기 때문인 것 같다.

최선의 길은 대개 자기 자신을 잘 알 때 찾는 경우가 많다. 많은 경험을 겪으며 여러 길을 택해 보고, 그러면서 자신이 가장 행복할 수 있는 최선의 길을 택하는 것, 그게 인생의 묘미인 것 같다. 여기까지가 내가 장장 6주 동안 느낀 것이다. 막상 써보니 6주 동안 얻은 게 고작 이것뿐이라는 것이 부끄럽다.

▷ 오후 7시 40분경이다. 오늘도 병원은 다사다난했다. 가로로 들려서 안전방으로 끌려갔던 고다은 이모가 오늘도 난리를 피웠다. 오늘 저녁 담당 간호사는 정우 쌤(남자 간호사)이었다. 담당 보호사는 성민 쌤이었다. 원래는 간호사 두 명, 보호사 두 명이 담당하는데 오늘은 한 분씩밖에 없어서 유독 바빠 보였다. 간호사 쌤은 환자들 약을 챙기고, 담당 업무를 하느라 수시로 전화 통화를 하고 환자를 찾아가 전달사항을 전달했다. 나는 유진이가 자살 충동을 느끼는 것 같다고 도와달라고 간절히 부탁했다. 그래서 주사도 넣어줘야 했다. 안전방에서 쿵쿵 세게 벽을 두드리는 환자에게도 가야 했다. 보호사 쌤도 개방 병동으로 연결되는 통로를 들락날락하면서 유난히 바빠 보였다.

유진이는 자꾸 머리를 박으며 죽고 싶다고 했다. 나는 벽에다가 손을 대고 유진이가 머리를 벽에 박지 못하게 막았다. 힘든 이유가 두 가지 정도 있는 것 같았다. 그중 하나만 알려주었다. 유진이는 친엄마를 본 적이 없고, 친아빠에게도 버림을 받아 보육원에서 지내는 아이다. 친아빠는 새로운 여자를 만나 딸을 넷 낳았다. 유진이에게 연락처를 주기는 했지만 없는 번호였다고 한다.

유진이는 보육원에서 자립하기 위해 공부를 열심히 해서 내신도 8%이고, 대회나 포럼에 참석하며 돈도 800여만 원이나 모았다. (솔직히 어떻게 그 큰 돈을 모았는지는 의문이다.) 하지만 친아빠가 아무 말도 없이 그중 700만 원을 빼돌려 썼다고 한다. 유진이는 큰 상처를 입었다. 다른 하나는 얘기해주지 않았다.

아빠나 자신 중 누군가 한 명은 죽어야 한다고, 하지만 아빠가 죽는 것보다 차라리 자신이 죽는 게 더 빠르다고 얘기하며 죽고 싶다고 했다. 나도 유진이 아버지의 어이없는 행동에 화가 나서 진심으로 공감해주었다. 욕까지 해가면서 내가 너였어도 되게 화났을 것 같다고, 혼자서 그 힘든 일을 그동안 어떻게 감당했냐고 얘기했다. "그래도 내가 같은 병실을 쓰는 한 언니로서 간곡한 부탁을 하는데, 제발 죽지 말아 달라"고 얘기했다. 유진이가 죽으면 나도 죄책감을 느낄 것 같다고 말이다.

소연이가 내 자리를 대체해줄 때까지 유진이 옆에 앉아 있다가 샤워를 하러 들어갔다. 한창 씻고 있을 때, 고다은 이모가 욕을 하며 들어왔다. 로비에서 자신은 타의 입원이 아니라 자의 입원이라며 소리를 질러 대고는 화장실 문을 쾅 하고 열고 들어와 다행히 얌전히 볼일을 보았다. 하지만 이미 밖에서 난리를 피운 터라 수간호사, 간호사, 보호사, 안전요원이 모두 소집됐다. 수간호사 선생님이 고다은 이모에게 볼일을 보고 있냐고 물어보셨다. 고다은 이모는 그렇다고 하셨다. 수간호사 선생님이 재차 물어보니 그분은 "아, 일 본다고 개새끼야! 그렇게 안 들리면 보청기를 써, **년아!"라며 소리를 꽥 질렀다.

나는 화장실 첫째 칸에서 수건으로 머리를 말리고 있었는데, 나가기도 민망하고 그렇다고 계속 있자니 너무 오래 기다려야 할 것 같아서 어떻게 해야 할 지 모르고 있었다. 그때 수간호사 선생님이 나를 발견하고는 방에 들어가 있으라고 하셨다. 병실로 들어와 미처 말리지 못했던 머리를 말리고 로션을 바르고 머리를 빗고 있을 때, 어제처럼 끌려가는 소리가 들렸다. 로비에 나가서 소연이의 말을 들어보니, 침까지 뱉었다고 했다. 간호사도 참 극한 직업이다. 세상의 모든 간호사님들, 존경하고 감사합니다.

▷ 6주 기념으로 담임 쌤께 전화를 드렸다. 선생님이 어떤 일을 하고 계시는지는 몰라도 너무 작은 목소리여서 듣기가 조금 어려웠다. 나는 저번 주에 이어폰으로 목을 졸랐던 일, 그저께까지 숨쉬기가 벅찼던 일 등을 이야기했다. 우리의 마지막 대화는 이렇다.

"다올아, 고맙고 사랑해."
"저도 선생님을 만나서 행운이고 사랑해요."

웃으면서 전화를 끊고, 주사를 맞아 정신이 혼미한 유진이를 재우고 로비에 나와 '여름아, 부탁해'를 시청했다. 밤 9시를 조금 넘은 지금, 요새 들어 가장 기쁜 하루를 마친다.

제 8 장

2019년 8월 첫째 주
담임 쌤과의 식사

8월 1일 목요일

▷ 새벽 5시 50분경이다. 고다은 이모가 신음소리를 내며 비틀거렸다. 이유는 모르겠다. 화장실 옆칸에 앉아 있었는데, 이모가 신음소리를 내기에 도와줘야 하나 말아야 하나 고민을 했다. 지금은 하반신을 완전히 벗어 나를 놀라게 한다. 하… 이렇게 새 아침을 맞이한다.

▷ 오후 1시 20분경이다. 엄마가 대상포진에 걸렸다고 한다. 면회 때 엄마 팔에 이상한 물집이 서너 개 있어서 뭐냐고 여쭤보았더니, 그제야 알아채고 병원에 갔던 모양이다. 다행히 아직 골든타임인 72시간 이내라 수포가 4~5개밖에 없는데, 주사 맞고 3일분 약을 받아왔다고 한다. 되게 아픈 병이라던데, 엄마는 별로 아프지 않다고 한다. 그래도 큰병인 것 같아 걱정이 되었다.

오늘은 지난번에 신부님과 함께 오셨던 애순이 이모가 엄마랑 같이 왔다. 애순이 이모는 우리 엄마보다 더 독실한 천주교 신자다. 점심을 먹고 지하 1층에 있는 종교시설을 구경하다가 천주교 원목실에 들렀다. 들어가기 전, 입구에 놓인 물을 손가락으로 찍어 내 이마를 살짝 적신 다음 "성부와 성자와 성령의 이름으로 아멘"을 속삭이듯 외웠다.

분위기는 딱 내가 원하는 대로였다. 적당히 어두운 실내에는 십자가에 못 박힌 예수님과 예수님 모양의 동상이 자리를 잡고 있었다. 모자이크 창을 통해 들어온 적당한 빛이 어둠을 조금 밝혀주고 있었다. 아무도 없는 원목실에 천주교 신자와 신자가 아닌 사람이 한데 무리를 지어 들어갔다.

애순이 이모는 '루르드의 성모마리아' 얘기를 하면서 기적의 물에 대해 역설했다. 예수님께 기도를 드리는 것이 매우 큰 기적을 만들어 낸다는 것이다. 그러고는 성지 순례 때 아드님이 담아왔다는 기적의 물을 내게 두 모금 주셨다. 그 물이 애순이 이모에게 얼마나 소중한지 알기에 나는 정말 감사했다. 하지만 나는 거의 마음의 병이 호전되어가는 중이고, 지금 아픈 건 엄마다. 그래서 나는 그 물이 나보다는 엄마께 필요할 것 같다고 생각했다.

"이 물은 저보다는 엄마에게 더 필요할 것 같아요. 엄마는 대상포진이잖아요."

이 말에 모두 감동한 것 같았다. 애순이 이모는 엄마에게 기적의 물을 한 모금 마시게 하고, 또 한 모금은 대상포진이 난 부위에 바르게 했다. 엄마는 대상포진 부위를 보며 "진짜 괜찮아지는 느낌이네"라고 신기해하셨다. 대상포진이 매우 아픈 병이라고 알고 있던 나는 눈물이 날 정도로 엄마가 걱정이 되었다.

가족들과 면회를 마치고 병동으로 돌아와 박학다식한 도윤이 삼촌께 대상포진에 대한 얘기를 듣고 많이 안심되었다. 대상포진은 우선 2~3주면 낫는 병이라고 한다. 고생은 좀 하겠지만 온몸으로 전파되지도 않고 신체의 어느 한 부분(팔, 허리 등)에 집중되어 일직선 혹은 원형으로 난단다. 또, 엄마의 경우 골든타임 안에 병원에 갔으니 걱정하지 말라고 하셨다. 아… 다행이다.

▷ 밤 9시경이다. 유진이가 오늘도 죽고 싶은 충동에 시달렸다. 안타깝게도 유진이는 잘못한 것도 없이 자꾸 자신이 좋은 딸이 아니라며 자책한다. 끝없는 죄책감. 아무 죄 없는 존재를 위험하게 하는 무서운 심리다. 나는 유진이에게 혼자 공부도 열심히 하고 대회나 포럼에 참가하며 잘 버텨낸 것만으로도 얼마나 훌륭한 딸이냐고 했다. 소연이는 "꼭 좋은 딸이 될 필요는 없어. 언니도 엄마의 기대에 부응하려고 열심히 공부하고 여러 가지 활동도 하고 그랬는데 그럴수록 나 자신을 잃게 되더라고. 나조차 나를 모르니 자신감이 떨어지고, 아무한테도 털어놓지 못해 외롭고 힘들었어. 언니는 유진이가 이렇게까지 힘들어하면서 좋은 딸이 되려고 하지 말았으면 좋겠어"라고 위로했다.

유진이는 몰라도 나는 이 말에 일정 부분 동의하고 위로를 받았다.

나도 엄마의 눈치를 많이 보면서 나 자신을 위해서가 아니라 엄마를 위해 '좋은' 딸이 되려고 했다. 내가 생각하는 '좋은' 딸은 '완벽'한 딸이었다. 결국 나 자신을 채찍질하며 마음에 병이 들었다. 나는 "지금 가장 힘든 건 너잖아. 너만 생각해. 너를 힘들게 하는 사람들은 잘 사는데, 왜 네가 죽어야 해? 그러면 너무 억울하지 않니?"라고밖에 해줄 말이 없어서 미안했다. 나는 계속 유진이의 손을 잡아주었다. 8시 20분경 유진이는 고된 하루를 마쳤다.

▷ 소연이마저 병원에 화가 났다. 소연이는 완전한 소등을 해야 잠을 잘 수 있을 정도로 민감하다. 그런데 머리에 두르는 형태의 안대는 목을 조를 수 있다는 이유로 금지시키고 귀걸이 형태의 안대는 허용된다고 했다가 오늘은 그것마저 안 된다고 했기 때문이다. 소연이는 울컥해서인지 월요일에 퇴원하겠다고 말했다. 정말인지는 모르겠다. 오늘은 유진이, 소연이, 민준이 모두를 돌봐야 해서 나 자신을 챙기지 못한 것 같다. 이제 나도 지쳤던 하루를 마쳐야겠다. 수고했어, 다올아!

8월 2일 금요일

▷ 새벽 6시경이다. 기분도 좋고 잠도 잘 잤다. 어제 작은이모가 <생각 사용 설명서>라는 책을 주셨는데, 지금 한번 읽어봐야겠다.

▷ 책을 몇 분 정도 읽다가 잠이 들었다. 지금은 오전 8시가 조금 넘었다. 아침 약을 먹을 때까지 TV를 보고 있었다. 내 옆에 다현이 이모가 앉았다. 다현이 이모는 항상 나한테 말을 건다. 안 그래도 말이 많은 분이 밖에 나가서 어떤 집을 찾고 어떤 일을 찾을지, 그리고 자신의 종교와 병동에 있으면서 느낀 점등을 떠들어댄다. 병동에서 느낀 점 빼고는 별로 들을 만한 가치가 없다. 전에는 자녀들 자랑을 그렇게 해댔는데, 이젠 너무 지치고 짜증이 난다. 그분 특유의 향이 있는데, 그 향을 맡기도 싫다. 자리도 꽉 찼는데 굳이 비집고 들어와 꼭 내 옆에 앉는다. '굳이 왜? 나한테 그만 좀 오셨으면… 아 짜증 난다'라는 속마음을 드러내지는 않

는다. 하지만 너무 힘들다.

▷ 오후 8시경이다. 오랜만에 자해를 했다. 왼팔에 좀 길게 살갗이 벗겨져 진물이 나왔다. 오른쪽은 그리 길게는 안 했지만 손톱으로 긁은 자해 중 가장 상처가 깊었다. 우울은 아니고 중독 때문인 것 같다.

8월 3일 토요일

(8시간 외출!)

▷ 새벽 6시경이다. 기다리고 기다리던 8시간 외출! 오늘은 엄마가 11시 반에 오신다고 했으니 12시에 민서와 은지(친구)랑 설빙에서 만나 초코빙수를 먹기로 했다. 그리고 연락이 된다면 미혜한테 간단한 선물과 편지를 줄 것이다. 그리고 잠시 집에서 쉬다가 6시에 지난번 뵀었던 식당에서 담임 쌤과 만날 거다. 11시 반에 나가서 7시 반에 들어올 거니까 여유가 있다. 정말 좋다.

그래도 절대 잊지 말아야 할 점. 병원 밖에서도 지금 먹는 약을 먹으면서 충분히 잘 지낼 수 있는지 생각해보기! 솔직히 자해를 안 할 거라는 장담은 못하겠다. 어제 썼듯이 자해는 중독이기 때문이다. 하면 할수록 횟수와 강도가 점차 증가하는 것 같다. 적어도 나에게는 말이다. 독한 마음으로 중독으로부터 벗어나려고 노력해야겠다.

▷ 소연이도 오늘 8시부터 외출이다. 그러면 병동에는 유진이만 남는다. 힘든 시간을 유신이 혼자 보내야 한다. 많이 걱정된다. 어제 유진이가 누군가와 면담을 하고 와서 머리를 깨뜨리고 싶다는 표현을 할 정도로 괴로워했다. 무슨 일인지 물어보면 실례가 될까 봐 물어보지는 못했다. 일단 아빠와 관련된 일인 것 같았다. 어른이 아이에게 무슨 짓을 하는 걸까? 어떻게 아빠라는 사람이 그렇게 할 수 있을까? 유진이는 얼마나 괴로울까? 나 같으면 일단 아빠한테 전화해서 왜 그랬냐고 추궁을 했을 텐데, 유진이는 상종하기도 싫었는지 접근금지신청을 했다고 한다. 하늘은 왜 유진이를 이토록 궁지로 몰아가는 것일까.

지켜보는 나도 유진이가 정말 죽어버릴까 봐 두렵고 세상이 너무 야속하다. 그리고 큰 위로의 말을 해주지 못해 너무 미안하다. 내가 해줄 수 있는, 가장 의미 있다고 생각되는 말은 이것뿐이다.

"유진아, 살아줘서 고마워. 매 순간이 고통스럽겠지만 다올이 언니와 소연이 언니를 생각해서라도 제발 살아만 있어 줘."

하늘에 기도드립니다. 제발…

▷ 오후 8시경이다. 알찬 8시간을 보냈다. 원래 제한된 시간이 주어지면 아주 의미 있게 보내기 마련이다. 소연이는 아침 8시가 채 되기도 전에 외출을 나갔다. 그래서 내가 외출을 나가는 11시 반까지 유진이

를 혼자 감당해야 했다. 오늘 오전에 유진이는 꽤 우울했다. 여전히 좋은 딸이 되지 못한 것에 대해 자책하고, 머릿속에는 온통 자살 시도 생각밖에 없었다. 어떻게 이보다 더 좋은 딸이 될 수 있겠느냐고도 물어보았고, 도대체 유진이가 생각하는 좋은 딸이란 무엇인지도 물어보았다. 하지만 온통 자살 생각으로 가득 찬 유진이 귀에는 내 말이 들리지 않는 것 같았다.

도무지 어떻게 해야 할지 감당이 안 됐다. TV에서 실종되었던 조은누리 양이 구출되었다는 소식을 들려주었다. 유진이는 뉴스를 보면서 "나도 차라리 실종되어버릴까?"라고 했다. 그리고 자신의 머리를 깨뜨리고 싶다고 하며 머리가 산발이 된 채 무릎을 세우고 쪼그려 앉았다. 자해를 하고 싶다고도 했다. 행정 입원이라 8월 20일쯤에는 퇴원을 하는데, 퇴원을 하면 00동에 있는 건물에 올라가 투신을 할 거라고 했다.

옆에서 그런 얘기를 들으면서 뭘 어떻게 도와줘야 할지 감이 안 왔다. 나이는 유진이보다 많아도 나 역시 미성년자라 세상 물정을 잘 모른다. 그래서 잘 도와줄 수가 없다. 결국 어른들의 도움을 받았다. 병동에 법무계 쪽에서 일하셨던 윤서 이모란 분이 계신데, 그분께 가서 대충 상황 설명을 했다. 대한법률공단이나 국선변호사 등의 도움을 받을 수 있다고 하셨다. (사실은 더 자세히, 그리고 정성스럽게 설명해주셨는데 내가 이해한 게 이것밖에 없다.) 또 다른 분은 박학다식 도윤이 삼촌이다. 삼촌은 내가 얘기할 때 TV 볼륨을 줄이고 귀를 기울여주셨다.

삼촌의 답변은 우선 심리적인 면에서는 심리상담을 받을 수 있도록 하고, 그 외에는 경찰서 여성청소년과의 도움을 받는 방법이 있다고 하셨다. 정성스러운 답변을 주신 두 분께 감사드린다. 유진이에게는 좀 더 정리해서 얘기해주려고 아직 말하지 않았다. 정리도 안 됐는데 괜히 말했다가는 과유불급의 꼴이 되어버릴 듯해서이다.

　고통스러워하는 유진이의 모습은 나마저도 힘들게 했다. 동생을 도와줄 수 없는 언니의 죄책감, 외출과 퇴원을 앞둔 상황에서 끝까지 도와줄 수 없다는 데서 오는 답답함. 도저히 유진이를 혼자 두면 안 될 것 같았다. 간호사 선생님(나랑 제일 친한 현정 쌤)께 유진이한테 신경을 많이 써달라고 울면서 애원했다. 유진이는 안전방에 갔고 나는 그제야 안도감을 느꼈다. 안전방에서는 자해를 할 수 없고 CCTV가 있어 무슨 일을 하는지 간호사 선생님이 다 볼 수 있기 때문이다.

　그래도 가라앉았던 내 기분은 전혀 나아지지 않았다. 힘도 빠져서 소파에 기대어 앉아 하늘만 쳐다봤다. 화장실에서 믿지도 않는 하느님께 울면서 기도했다. 유진이 좀 살려달라고. 유진이가 죽으면 나도 못 산다고.

　간만에 깊은 우울감에 갇혔다. 너무 진이 빠져 침대에 누워 있다가 잠깐 잠이 들었다. 밖에서 준이가 나를 불렀다. 노래방 시작이라는 것을 알려주기 위해서였다. 너무 우울해서 안 하려고 했는데 준이가 첫 곡으로 내 18번 곡인 방탄소년단의 '봄날'을 부르길래 나도 나갔다. 노래를 같이 부르다 보니 기분이 풀렸다. 하지만 마음 한편이 여전히 너무 무거웠다. 유진이를 뒤에 두고 나는 외출을 나갔다.

▷ 외출이 시작되었다. 작은이모가 나를 안아주셨다. 집에 잠깐 들러서 냥냥이랑 놀았다. 1시에 민서와 은지랑 설빙에서 초코빙수를 먹었다. 내가 그토록 원하던 것이었지만 생각처럼 맛있지는 않았다. 다음에는 인절미빙수나 그냥 팥빙수를 먹어야겠다.

나의 병동생활에 대해 얘기했다. 친구들은 내 자해 상처를 보고 마음 아파했다. 저번에는 짜장면을 같이 먹었던 많은 친구 중에서 미혜만 신경을 써주었는데, 은지와 민서도 나를 위한 얘기로 시작해주니 너무 고마웠다. 그동안 어떻게 자해와 자살 시도를 했는지, 앞으로의 계획은 어떤지, 그리고 유진이 얘기까지 그동안 하지 못한 얘기들을 신난 듯이 다 털어놓았다. 그 많은 일에 대해 은지와 민서는 하나하나 정성스럽고 진심 어린 말들을 해주었다. 특히 민서는 내가 자해 중독 수준까지 이르렀다고 하니까 울음을 터뜨렸다. 은지는 냉정하게 말하면 유진이에게 할 만큼 했다고, 이제는 내 몸에만 집중하라고 해줬다. 그리고 두 친구 모두 남들과 비교하지 말고 절대 조급해지지 말라고 해줬다. 고마웠다, 진심으로.

▷ 두 번째 코스는 미혜네 집에 잠깐 들르기였다. 설빙에서 미혜네 집은 가깝기 때문에 걸어갔다. 미혜도 나에게 큰 위로와 감동을 주었던 친구다. 친구에게 감사의 마음을 표하기 위해 12시쯤 가게에서 구입한 작은 선물과 병동에서 쓴 편지를 전해주었다. 잠깐 대화를 나누다 보니 2시 반경이 되었다. 집에 돌아와 쉬다가 엄마와 작은이모께 유진이

담임 쌤과의 식사

에 대한 얘기를 했다. 정확히 말하면 유진이를 어떻게 대해야 할지 몰라서 물어본 것이다. 여러 얘기가 오고 갔는데, 모두 오지랖인 것 같다. 결론은 간호사 선생님과 주치의 선생님께 다 털어놓고 도움을 받는 것으로 정리되었다.

▷ 세 번째 코스, 담임 쌤과의 저녁식사. 오늘은 단둘이 하는 식사다. 장소는 저번과 같은 식당이었다. 내가 먼저 도착해서 자리를 잡았는데 미혜가 보였다. 마침 그 시간에 미혜와 지혜, 그리고 그 둘의 영어학원 선생님이 저녁식사를 하기로 했단다. 지혜와 나는 같은 반이었고, 그래서 담임선생님도 같았다. 지혜와 선생님이 서로 마주치면 민망할 터였다. 다행히 지혜가 담임 쌤과 등을 돌리고 앉아 있어서 선생님은 지혜를 보지 못했다.

담임 쌤은 여행책 두 권 그리고 BTS 캐릭터 중 정국이를 상징하는 토끼 캐릭터 공책과 볼펜을 사주셨다. 내 취향을 고려한 세심한 배려에 정말 감사했다. 대화는 즐거웠다. 선생님도 박장대소하신 걸 보니 나와의 대화가 나쁘지 않은 것 같았다(그랬으면 좋겠다).

나는 학교 친구들이 많이 힘들어하지는 않냐고 여쭤보고, 예전에 썼던 세월호 관련 글이 세월호 연대에 보내졌는지도 여쭤봤다. 그리고 여행지에 관한 얘기도 나누었다. 선생님께서는 여행을 하면 다양한 사람을 만날 수 있다고 하셨는데, 나는 병동에서도 다양한 사람들을 만날 수 있다고 하며 자연스레 병동 생활을 말씀드렸다. 유진이 얘기도 했는데, 선생님은 어쨌든 내가 먼저라고 해주셨다. (엄마와 작은이모와 같은 의견이다!) 어색해서 아무 말도 못 할 줄 알았는데 친구와 대화하듯이 너무 재미있었다. 선생님은 나중에 K 선생님과 셋이서 만나자고 하셨다. 나도 당연히 콜이다!

▷ 집에 돌아오니 7시 20분쯤 되었다. 20분 정도 냥냥이랑 놀다가 7시 40분쯤에 나와 8시에 병동에 도착했다. 정말 알차게 보낸 하루여서 미련이 없다.

▷ 엄마는 내가 조금 염치없어져야 할 필요가 있다고 하셨다. 그동안 타인의 눈을 너무 의식해서 마음의 병이 생긴 거라고, 타인은 적당히 배려하고 좀 더 나 자신을 돌보라고 하셨다. 남들은 내가 생각하는 것보다 나에게 관심이 없다고, 그리고 너무 많은 생각을 하지 말고 현재에만 집중하라고. 또 유진이 일은, 내 나이에 할 수 있는 건 다 한 거라고 말씀해주셨다. 유진이가 병실에 들어오는 게 두렵다고 말했더니, 이미 유진이 때문에 스트레스를 받고 있는 거니까 피하라고 하며 많은 걱정을 해주셨다. 그럴 의도는 없었지만 모두 듣고 싶었던 말들이다. 특히 유진이에 대해선. 다행히 병동에 돌아와 보니 유진이는 아무 탈 없이 침대에 앉아 자해를 안 했다고 웃으며 자랑했다. 화장실에서 울면서 간절히 기도한 보람이 있는 것 같아 감사하다. 그래도 기분은 조금 가라앉는다.

▷ 아, 맞다. 엄마와 진로에 관한 얘기도 잠깐 나누었다. 엄마가 이미 여러 곳을 알아봤는데, 나한테는 00대학교 심리학과가 제일 적당한 것 같았다. 조건은 무면접과 무시험이었다. 세 과목 중 가장 잘 나온 과목을 반영하는데, 나는 국어, 영어, 수학의 내신으로 접수하면 충분히 될 것 같다. 심리학을 공부하면서 내가 어떤 과정으로 이런 병에 걸렸으며 이런 병에 걸렸을 때 보이는 행동들은 어떤지 알아가는 과정이 꽤 즐거울 것 같다. 자세히는 모르겠지만 나 자신을 치유할 수 있을 것 같다.

▷ 지금 생각해보면 1학년과 2학년 1학기 때 공부를 안 했다고 했지만 국어, 영어, 수학은 내신이 모두 2등급 이내로 나와 총 내신이 낮지는 않다. 중학교 때까지 열심히 선행학습을 했던 게 도움이 된 것 같다. 이럴 때면 정말 '했던 게 있으면 날아가지는 않는다'라는 말이 맞는 것 같다. 힘든 고등학교 시절이었지만 어찌어찌 버텨온 보람이라 생각한다.

8월 4일 일요일

▷ 오전 6시 반경이다. 생리를 시작해서 (병동에서 생리를 두 번이 나 하게 될 줄이야…) 아침에도 씻고 나왔다. 솔직히 할 일이 없어서 씻 는다고 해도 되겠다.

일요일 아침의 필수 일정, 눈 뜨자마자 몸무게 재기. 실은 어제 외출 때 집에서 몸무게를 봤다. 41.9kg. 엄마 말에 의하면 병동에 들어가서 살 이 많이 찐 것 같다는데 생각보다는 적게 나와서 다행이었다. 다행히 유 진이도 상쾌한 아침을 맞이한 것 같다. 이제는 소연이에게 편지를 써야 한다. 소연이가 내일 퇴원을 한다. 얘는 도무지 병원에서 10일 이상을 넘 겨본 적이 없다. 저번에는 5일 만에 퇴원해서 별로 안 친했는데, 이번에 는 10일 정도 있으면서 같은 입장에서 서로 의지하고, 침대에 누워 많 은 얘기를 나눴다. 정이 많이 들었는데, 헤어짐이 있게 되고 나만 남는 다. 흥! 그래도 퇴원 기념식은 해줘야 할 것 같아서 오늘 저녁에 과자 파티를 하기로 했다.

▷ 밤 9시 반이다. 소연이와 많은 이야기를 나누었다. 유진이랑 셋이서 과자 파티를 할 때는 동생인 유진이에게 집중했고, 유진이가 잠든 뒤 소연이와 조금 더 깊은 속내를 이야기했다. 일단, 소연이를 밖으로 나오라고 해서 주치의 선생님인 나민수 선생님을 좋아한다고 고백했다. 소연이가 크게 웃으면서 나보고 귀엽다고 했다. 그리고 내가 생각보다 얼굴을 안 보는 것 같다고 했다. (민수 쌤이 못생겼단 소리인가^^) 소연이는 자신이 없는 동안 친구들과 멀어지는 것에 대한 두려움을 가진다고 했다. 그래서 나는 오히려 네가 퇴원하고 나가면 환영해 줄 것이고, 진정한 친구라면 얼마 못 본 것 가지고 사이가 멀어지지는 않는다고 했다. 이번 기회에 사람을 가르는 능력을 키워보라고 서투른 조언도 했다.

▷ 과자 파티는 그저 그랬다. 난 포카칩, 소연이는 빠다코코낫, 유진이는 새우깡을 사서 셋이서 바닥에 옹기종기 모여 앉아 이 과자가 맛있다, 음료수 나눠 먹자, 우리 주치의 선생님은 이렇다, 저렇다 수다를 떨며 시간을 보냈다. 유진이와 나는 소연이에게 편지를 주었다.

▷ 오늘 주치의 선생님이 오셨다! 원래 월요일까지가 휴가일 텐데 일요일인 오늘 얼굴을 보게 되어 정말 반가웠다. 나를 따로 불러 상담실에서 얘기를 나누었다.

"되게 오랜만이네요."

"네."

"그동안 어떻게 지냈어요?"

"2~3일 정도 우울했다가 기분이 4점 정도로 올라왔어요."

"4점이면 별로 높지도 않고 딱 좋네요."

"네."

"혹시 병실에서 힘든 일이 있었나요?"

(간호사 선생님께 얘기를 들으셨나 보다.) 나는 머뭇거리다가 조심스럽게 유진이에 대한 이야기를 꺼냈다. 그랬더니 주치의 선생님은 이런 말씀을 해주셨다.

"다올이도 한때 되게 힘들었잖아요. 유진이도 그래요. 지금은 많이 힘들지만, 약도 잘 먹고 시간이 지나가면 괜찮아질 거예요. 다올이는 마음이 참 따뜻한 것 같아요. 다올이가 유진이에게 느끼는 책임을 저희에게 넘겨도 돼요. 눈에 띄지는 않겠지만, 저희가 계속 상의하면서 유진이를 최대한 도울 것이니까요. 다올이도 할 수 있는 만큼 다 한 거니까 죄책감 느끼지 말고요."

"감사합니다."

"아니에요, 다올이가 아니고 우리가 감사해야 할 일이죠."

(선생님은 정말 세련되게 말씀하시는 것 같다.) 이 외에 진로에 관한

이야기도 조금 나누었다.

▷ 유진이가 다시 우울 모드로 빠져들고 있다. 아… 감당할 수 있을까?

제 9 장

2019년 8월 둘째 주
엄마와 함께 요리를!

8월 5일 월요일

▷ 새벽 6시 반경이다. 방금 아침 샤워를 마치고 왔다. 어제 왼쪽에 있는 자해 상처에 진물이 생기고 손독이 올라 주변이 빨갛게 부어올랐다. 간호사 선생님께서 상처를 소독하고 반창고를 붙여주셨다. 일회용 반창고가 떨어지지 않게 하려고 몸의 반쪽밖에 씻지 못하니 조금 찌뿌둥하다.

▷ 다음 주 월요일이면 개학이다. 학교 생활은 못해도 친구들은 좀 보고 싶다. 은서, 하영이, 진영이, 지혜, 한솔이, 민혜, 지아, 소희, 가연이, 지수, 재유, 유진이… 개학 때 학교에 가서 친구들만 잠깐 보고 나오는 게 내 목표다. 친구들이 입시와 관련된 활동에 동요되지 않도록 잠깐만….

▷ 소연이가 퇴원하는 날이다. 일찍 일어나서 나와 더 많은 이야기를

나누기로 해놓고 안 일어난다. 어제 소등을 하고 책을 좀 읽는 것 같더니만 늦게 잤나 보다. 나도 굳이 깨우지 않으려 한다.

▷ 밤 9시경이다. 소연이가 가고 조금 허전하긴 했다. 방금 자해를 하다 들켜서 안전방에 들어가 생각하는 글쓰기를 쓰다 왔다. 유진이를 따라 우울하기도 했고, 왜 나한테 유진이라는 짐을 지우게 했는지 억울하기도 했다. 아직 유진이의 굴레에서 벗어나지 못한 것이다. 숨 쉬는 게 벅차고 죽고 싶을 정도로 우울했다. 지금도 계속 기분이 가라앉는다. 이번에는 옷으로 가려지는 팔꿈치 윗부분을 손톱으로 미친 듯이 긁다가 소리 없이 병실 문에 서 있던 보호사 선생님께 들켰다. 그래도 보호사 선생님이 해주신 말씀이 조금은 생각할 여지를 주었다.

"난 자해가 꼭 나쁘다고만 생각하지는 않아. 하지만 너희들도 다른 사람들처럼 자해도 안 하고 평범하게 살고 싶은 거잖아, 그치? '어떻게 하면 자해를 안 할 수 있을까' 생각해본 적 있어? '어떤 부분이 내가 원하는 대로 이뤄지면 자해를 안 할 수 있을까' 뭐 그런 거 말이야. 아까 다올이가 '생각하는 글쓰기가 반성문 같고, 자해를 안 할 수 있는 방법을 같이 찾아주지는 않고 혼자 방법을 찾도록 한다'고 했는데, 그 말도 이해가 돼. 하지만 너희들이 뭘 좋아하는지 그리고 뭘 원하는지는 너희 스스로가 제일 잘 알잖아. 물론 여기에서는 많은 게 제한이 되지. 그래도 한번이라도 생각하려고 노력해보라는 말이야. 약? 아무리 감기약을 먹는다 해도, 한겨울에 반팔 옷 입고 밖에 나가면 감기에 안 걸릴까? 너희들이 약을 먹는다고 해서 단번에, 마치 마법처럼 자해를 안 하거나, 자살 생각을 안 하거나 그렇게 되지 않아. 너희들 노력도 중요해. 물론 시간도 필요하고. 나도 죽고 싶을 정도로 힘들었을 때 나아지기까지 2~3년 정도 걸렸거든."

그렇다. 그동안 나는 환경 탓만 했다. 어떻게 나 자신을 지켜낼까 고민하지 않고 주변에서 우울해하니까 같이 우울해진다면서 자해를 했다. 자해는 약을 먹으면 조금씩 나아질 거라 생각하고 약물에 의존했다. 병이 나으려면 내 의지가 정말 중요하다는 사실을 간과했다.

▷ 보호사 선생님은 계속 얘기했다.

"그리고 여기 온 것에 감사해야 해. 쇠창살이 있는 병원도 아니잖아. 우리 정신과 병원은 전국에서 3위 안에 들어. 주변에서 지원해주는 사람이 있으니까 그나마 여기 온 거잖아. 이런 곳에 못 오는 사람도 많아. 감사해야 해, 정말로."

내가 경솔했던 것 같기도 했다. 나는 지금 힘들지만, 나보다 힘든 다른 사람보다는 행복한 사람일 수 있다는 사실을 잊고 있었다. 내 옆에는 누구보다 나를 응원하고 사랑해주는 많은 분이 있다는 사실도.

▷ 하지만 그때는 기분이 너무 안 좋고 자해 충동이 들어서 그 얘기가 들리지 않았다. 안전방에 갈 때도, 그리고 안전방 안에서도 굉장히

반항적이었다. 안전방에서 계속 자해를 하다가 CCTV를 본 간호사 선생님이 계속 그러면 강박할 수밖에 없다고 하셨을 때, 나는 "여기는 참 무서운 곳이네요. CCTV로 다 볼 수 있고"라며 비아냥거렸다. 안전방에서 나오자마자 이성이 돌아왔다. 간호사 선생님께 진심으로 사과드렸고, 손톱으로 자해하지 않겠다는 내 의지를 다잡기 위해 손톱깎이를 빌려서 손톱도 깎았다.

8월 6일 화요일

▷ 새벽 6시 반경이다. 기분은 살짝 가라앉는다. 어제 자해한 부분은 옷깃만 스쳐도 따갑다. 원래 수요일, 목요일 외박이었는데 어제의 일 때문에 취소될 듯하다. 작은이모가 집으로 돌아가시기 전에 같이 놀고 싶었는데…. 계속 유진이 옆에 있는 것도 걱정된다. 어제 나랑 유진이 둘 다 안전방에 갔다. 나는 유진이의 영향을, 유진이는 나의 영향을 받아 둘 다 자해를 한 꼴이 되어버렸다. 서로가 서로를 자극한 것이다. 어제 당직이었던 오재호 선생님도 유진이와 내가 떨어져 있어야 한다고 판단하고 나는 병실에서, 유진이는 안전방에서 자도록 하셨다. 다행히 아침에는 유진이를 보지 않아 덜 가라앉는 것 같다.

▷ 저녁 7시 반이다. 유진이는 오후 집단 상담이 되어서야 모습을 드러냈다. 나는 유진이 기분이 어떤지 흘긋 눈치를 보았다. 서너 번 정도

본 것 같다. 유진이 기분이 좋은 편인 것 같아 덩달아 나도 기분이 좋았다. 유진이를 보기 전에 주치의 선생님 그리고 수간호사 선생님과 상담을 했다. 두 분 다 유진이가 의료진에게 마음을 열지 않는 건 유진이의 의지에 달린 것이며 시간이 필요한 문제고, 보이진 않지만 의료진 쪽에서 유진이를 위해 많이 노력하고 있다고 말씀하셨다. 그리고 내가 할 일은 다 했으니 이제 그 책임을 병원에 넘기라고 하셨다. 앞으로 유진이의 기분이 어떨지 모르겠지만, 적어도 예전만큼 죄책감과 책임감에 시달리지는 않을 것이라 확신한다.

▷ 내일, 모레는 그토록 고대하던 1박 2일 외박이다. 여전히 유진이가 마음에 걸리기는 하지만 워낙 계획된 일정이 많다 보니 외박할 때 유진이를 생각할 겨를이 있을지는 의문이다. 일단 '오레오 오즈'라는 시리얼을 꼭 사서 우유에 말아 먹어 볼 것이다. 그리고 편지지를 사서 주치의 선생님께 편지를 써야 한다. 일기도 가져가서 쓸 거다. 우연스럽게도 내일이 딱 7주 차 그리고 모레가 50일이다. 7주와 50일을 동시에 기념하는 것 같다. ^^ (아마 할머니 댁에도 갈 듯하다. 작은이모가 집으로 올라가시기 전에 할머니 댁에서 보내는 게 맞는 것 같다.)

▷ 슬슬 퇴원 얘기가 나오고 있다. 퇴원은 병동 생활의 끝인 동시에 인생에 있어서는 새로운 시작이다. 하지만 주치의 선생님과 헤어지는 것은 너무 아쉽다. 오늘 주치의 선생님과 두 번이나 면담한 것에 설레고 감

사하는 내 모습은 내가 봐도 한심하다. 주치의 선생님은 아직 레지던트 1년도 채 안 되었기 때문에 퇴원해서 외래 진료를 와도 볼 수가 없을 것이다. 그렇지만 언제까지나 병원에 입원해 있을 수는 없으니까, 그냥 한때 주치의를 좋아했던 여고생 환자로 이야기를 마무리 지으려고 한다.

▷ 오늘 집단 상담에서는 많은 얘기를 하지 못했다. 내 차례가 오기 전부터 심장이 미친 듯이 뛰고, 내 차례가 되면 얼굴이 빨개지면서 입이 쉽게 떨어지지 않았다. 창피했다.

▷ 그래도 전반적으로 꽤 기분이 좋은 날이었다!

8월 7일 수요일

(7주째 되는 날!)

▷ 오전 8시 45분경이다. 들뜨지 않고 침착하게 외박을 기다리고 있다. 퇴원을 앞두고 슬슬 짐도 정리하고 있다. 유진이는 아침부터 기분이 안 좋다. "언니 가면 나 어떻게 될지 몰라." 그런 유진이를 옆에 두고 짐을 정리하는데 유진이가 계속 쳐다봤다. 미안하지만 어쩔 수 없다. 그래도 기특하게 책도 읽고 프로그램도 최대한 참여하려고 노력하겠다고 했다. 이제 나머지는 유진이의 손에 달렸다.

▷ 오후 8시경이다. 오늘도 꽤 바쁘고 알찬 하루였다. 병원에서 한 시간 반 정도 면회를 하다가 11시에 약을 받아 병원 밖으로 나왔다. 외박을 나오기 전에 주치의 선생님이 얼굴을 비추셨다. 어디 가서 뭘 먹을 계획인지 물어보셨는데 계획이 확실하지도 않고 너무 많아서, 그리고 부끄러워서 모르겠다고 답했다. 선생님은 내가 안 알려주려고 하는 줄 알고

245

웃으면서 "왜요?"라고 하셨다. 나는 그저 웃었다. 선생님은 잘 다녀오라고, 혹시라도 밖에서 힘든 일이 있으면 언제든지 병원에 돌아와도 괜찮다고 하셨다. 주치의 선생님이 정말 좋지만 외박은 포기하지 못하겠다. 그래서 절대 그럴 일이 없을 거라고 답했다. 이제 진짜로 외박이다! 병원이 아닌 집에서 하룻밤을 잘 수 있다! 이젠 집에서 잔다고 하니 오히려 어색하다. 그래도 가족들이 나를 기다리고 있으니 신이 났다.

▷ 병원에서 11시쯤에 나와서 마트에서 오레오 오즈 시리얼을 샀다. 병동 프로그램에서 한 번 먹어봤는데, 그 맛에 반해서 밖에 나오면 꼭 먹으리라 다짐했다. 그리고 주치의 선생님과 유진이에게 쓸 편지지도 샀다. 집에서 내가 정말 좋아하는 새우김치볶음밥을 먹고 밖으로 나왔다. 엄마가 나를 이끌어준 곳은 '00 산장'이라는 곳이었다. 황금버거로 유명하다는데, 마침 햄버거가 너무 먹고 싶었던 나에게 안성맞춤이었다. 엄청나게 큰 사이즈에 풍성한 채소, 패티, 양념으로 구성된 이 야무진 햄버거는 나의 입맛에도 잘 맞았다. 감자튀김도 같이 나왔는데, 통으로 감자를 튀기는 것이 조금 특이했다. 보통은 감자를 가늘게 잘라 튀기는데 말이다. 반 정도 먹고 나니 배가 너무 불렀다. 같이 갔던 작은이모에게 반쪽을 드렸다.

도중에 오후 3시가 되니까 천주교 신자인 엄마가 기도를 했다. 식당에서! 정말 대단하다. 기도를 마친 엄마 눈에 눈물이 고여 있었다. 왜냐고 여쭤보니 나랑 같이 밥을 먹을 수 있다는 것에 너무 감사해서 그랬다고 한다. 감동적이었다. 내가 이렇게 소중한 존재임을 다시 한번 깨달았다. (00 산장은 펜션도 함께 운영하는네, 앤티크한 분위기를 좋아히 는 여행객들에게 추천한다.)

▷ 남은 버거와 감자튀김을 싸 들고 외할머니가 계신 곳으로 향했다. 자세히는 몰라도 오늘 할머니는 마을회관에서 두 시간 정도 일을 하신다고 했다. 시간에 맞춰 도착했다. 할머니는 매우 기뻐하는 표정과 목소리로 나를 반겨주셨다. 볼에 뽀뽀도 해주셨다. 그렇게 기뻐하는 모습과 목소리를 여태껏 본 적이 없었기에 매우 놀랐지만, 동시에 정말 좋았다. 할머니 댁에서 이런저런 얘기를 나누고 수박도 먹었다. 지쳐서 30분 정도 자고 일어나 저녁으로 짜장면을 먹었는데 그마저도 지쳤다. 정말 체력이 많이 떨어진 것 같다.

▷ 지금은 샤워를 마치고 에어컨을 틀어놓은 시원한 집에 있다. 솔직히 집이 좀 더럽고 게다가 냥냥이까지 있어서 어지럽다. 병동이 내 집인지, 진짜 내 집이 집인지 슬슬 헷갈린다. 하루를 돌아보니 엄마가 나를 위해 많이 노력했다는 것을 새삼 깨달았다. 중간에 할머니께서 배가 아프다고 하셔서 작은이모와 병원에 가시고, 엄마와 나는 차 안에 있었다. 그때 자해 충동이 들었다. 엄마께 말씀드리니 엄마가 우셨다. 손톱으로 차 벽을 고양이처럼 박박 긁었다. 충동이 조금 해소되었을 때 엄마가 날 안아주며 우셨다. 죄송했다. 하지만 나는 자해를 할 때 조금 마음이 편

해진다. 일단 엄마를 위해서라도 참아야겠다. 오늘은 내 가족들이 나를
얼마나 사랑하는지 느낄 수 있는 하루였다.

8월 8일 목요일

(입추, 외박!)

▷ 오전 9시 20분경이다. 오늘도 엄마와 작은이모는 병원에 들어가기 전에 함께할 여정을 알아봐 주셨다.

▷ 오늘은 냥냥이 예방접종 날이다. 외출할 때 냥냥이를 넣는 가방이 있는데, 눈치를 챘는지 들어가기 싫어했다. 그래도 내가 장난감으로 유인하니까 바로 들어갔다. 영특한 냥냥이. 하지만 동물은 동물인가 보다.^^

▷ 저녁 8시 반경이다. 모든 일정을 마치고 병원에 돌아왔다. 8시까지 도착하면 되는데 유진이가 걱정되어 7시 반에 도착했다. 오늘은 간만에 실컷 먹었다. 일단 아침에는 엄마표 볶음밥을 그릇의 반 정도 먹고, 오빠가 먹던 시리얼을 세 입 뺏어 먹었다. (원래 뺏어 먹는 게 제일 맛있

다.) 점심을 대충 먹고 경치 좋은 카페에서 큰이모를 만났다. 그런데 난 경치고 뭐고 너무 더워서 짜증만 났다. 카페 안은 엄청 추웠다. 왜 이렇게 극과 극인지, 팔자 좋게 투덜거렸다. 카페에서는 초코아이스라테, 아메리카노 등을 먹었다. 이것저것 먹고 집에 가니 4시경이었다. 병원으로 돌아갈 때까지 서너 시간 정도 남아서 내가 좋아하는 노래방에 갔다. 오빠와 둘이서 오랜만에 가는 노래방이다. 내 흥을 풀 수 있을 줄 알았는데, 웬걸, 오빠의 노래 실력에 혀를 내두르며 감상만 하다 왔다.

▷ 신나게 놀고 집에 돌아오니 엄마가 소고기김밥을 말아주셨다. 냥냥이가 먹으려고 책상 위로 뛰어올라 왔는데, 너무 귀여웠다. 배가 너무 고팠기 때문에 허겁지겁 먹고 시리얼도 먹었다. 20분 정도 샤워를 하고 나왔더니 엄마의 눈시울이 붉어져 있었다. 나는 조금 당황했다.

"엄마, 왜 울어요?"
"다올이랑 하룻밤을 같이 자서 너무 좋았나 봐."

50일 만에 집에 와서 잤는데, 엄마는 고개를 돌릴 때마다 내가 있어서 너무 행복했다고 하셨다. 나를 병원에 다시 데려가는 길에도 눈시울이 붉어져 있었다.

▷ 작은이모가 자해방지 워크북을 우리 집으로 주문하셨다. 무서운

자해의 중독에서 빠져나오라는 응원이다. 솔직히 나는 고치고 싶은 의지 아니 마음조차 없다. 하지만 엄마 때문에 참는다. 나에게 쏟아지는 사랑에 보답하는 가장 좋은 방법은 상태가 호전되는 것뿐이다. 이제 내 인생의 목표 중 하나는 자해 생각 없애기다.

8월 9일 금요일

▷ 오전 8시 15분경이다. 새벽 6시에 깨어났지만 너무 귀찮아서 다시 누워 7시 50분경에 일어났다. 심지어 내가 그렇게 좋아하는 주치의 선생님이 오시는 것도 귀찮게 느껴졌다. 늦은 아침을 먹는 둥 마는 둥 하고 나왔는데, 주치의 선생님이 부지런히 움직이고 있었다. 선생님이 내 쪽으로 와서 같이 병실 문 앞까지 걸었다. 일어난 지 얼마 되지 않아 눈도 팅팅 부어 있었고, 밥을 먹자마자 만난 거라 당황스러운 마음에 웃으니까 선생님도 같이 웃으셨다.

외박할 때 무엇을 했는지 물어보셨고, 나는 노래방에 갔다고 답했다. 가장 재밌었던 활동이기 때문이다. 선생님이 무슨 노래를 좋아하시냐고 물어보셔서 나는 수줍게 "방탄…"이라고 답했다. 선생님은 '얘도 별수 없는 소녀구나'라는 듯 "방탄!"이라며 크게 웃으셨다. 그리고 밖에서 지내면서 안 좋은 생각이 들지는 않았는지도 물어보셨다. "자해가 너무

하고 싶었는데 엄마가 우셔서 참았어요." 선생님이 알겠다고 하셨다. 오늘 변비 때문에 엑스레이를 찍는다고 하던데, 나는 변비 때문에 불편한 점이 하나도 없다. 대변이 마렵지도 않다.

　▷ 오늘 주치의 선생님이 오후에 안 계신다고 했다. 아쉽다. 우리 주치의 선생님은 일을 하실 때가 가장 멋있다. 저번에 채원이 언니가 약 이름을 헷갈려 할 때, 요상하고 긴 약 이름을 줄줄이 읊었는데, 그때 처음으로 주치의 선생님께 반했다. 그리고 면담을 하거나 환자의 이야기를 들을 때는 상대의 눈을 피하지 않고 계속 쳐다보는데, 그것도 설렘 포인트다. 회의실에서 회의를 하거나 (폐쇄병동 로비에서 회의하는 장면은 볼 수 있지만 그 내용은 듣지 못하도록 설계되어 있다) 컴퓨터로 일을 하실 때도 멋있다. 퇴원을 하면서 가장 힘든 것은 아마 선생님과의 이별이 될 듯하다.

　▷ 오후 4시 반경이다. 동생들이 (미안하지만) 귀찮아서 침대에 누운 채 노래를 들으며 자는 척했다. 그런데 유진이가 나를 깨웠다. 민준이가 울고 있다고 했다. 민준이는 울 때마다 꼭 나를 찾았다. 민준이가 있는 곳으로 갔다. 마침 애들이 스쿨링을 막 시작하려던 참이었다. 울고 있는 민준이 옆에 앉았다. 숨을 헥헥거릴 정도로 울고 있었다. 특별히 큰 사건은 없었지만 그동안 병원 생활을 하면서 받은 상처와 시련들이 밀려 왔다고 한다.

민준이는 주치의 선생님(이정훈 선생님)과 강새론 교수님께 받은 상처와 스트레스 때문에 매우 힘들어했다. 누나를 때리지 말 걸 하면서 죽고 싶다고 했다. (아마 민준이는 폭력적인 성향 때문에 입원한 것 같다.) 유진이가 민준이의 편지를 전해주었다. 울면서 편지를 썼는데, 앞으로는 놀아달라고 귀찮게 하지 않겠다는 내용이었다. 순간 내가 민준이에게 잘못 말한 것이 있나 생각했다. 스쿨링이 끝나면 민준이랑 이야기를 좀 나눠봐야겠다.

▷ 오후 5시 50분경이다. 민준이의 기분이 풀어졌다. 민준이가 그런 편지를 쓴 이유는 상담을 하고 나왔는데 내가 일어서서 방에 들어가는 걸 보고 자신을 피했다고 생각했기 때문이었다. (민준이는 자기 아버지를 닮아 영특한 아이다. 스포츠면 스포츠, 노래면 노래 못 하는 게 없다. 하지만 나처럼 예민한 데다 생각이 정말 많다.)

물론 나는 민준이를 피한 게 아니었다. 오히려 다른 동생들과 잘 놀아주고 보살펴줄 것 같아서 민준이에게 그 일을 맡기고 나는 나만의 시간을 가졌던 것이다. 이런저런 오해를 풀고 민준이의 하소연을 듣다 보니 다행히 민준이의 기분이 풀어졌다. 유진이한테도 친한 언니인 하윤이가 왔다. 저번에 왔던 친구다. 이젠 내가 유진이를 걱정할 필요가 없어져서 홀가분하다.

8월 10일 토요일

▷ 오전 8시 15분경이다. 어제는 자기 일보 직전까지 동생들과 놀았다. 퇴원을 앞두고 있으니 '놀아준다'라기보다 '같이 논다'라는 표현이 맞을 정도로 조금 신이 났나 보다. 주치의 선생님과의 이별은 싫지만 병동이라는 감옥에서 출소하는 것은 좋은, 이중적인 감정이 든다.

▷ 오늘부터 토, 일, 월요일까지 2박 3일 외박이다. 월요일에는 학교에도 간다. 3일 동안 연달아 친구들을 만나는 꿈을 꾸었다. 그만큼 그 순간을 기다리고 있나 보다. 이제는 유진이 걱정도 없는데, 딱 하나가 신경 쓰인다. 엄마가 장염에 걸린 것이다. 최상의 컨디션이어도 지칠 만한 일정인데 잘 먹지도 못하고 설사를 하면 얼마나 힘들지…. 오늘은 쇼핑만 하고 집에 있기로 했다. 엄마의 상태가 호전되기를 바라며.

▷ 밤 9시경이다. 집에서 오후 3시까지 뒹굴거렸다. 집에서 누운 채 방탄소년단 영상을 보는 것도 삶의 낙이다. 작은이모가 신발을 사주신 다고 하셔서 얼른 중앙로로 내려가 검은 스니커즈를 샀다. 여태껏 나는 흰 스니커즈만 신어왔기 때문에 분위기 전환을 해보고 싶었다. 마침 엄 마의 신발도 작은이모가 사주신 거라서 모녀가 발을 들고 인증샷(?)을 찍었다.

▷ 오후 4시쯤에는 마트에 가서 반찬거리를 샀다. 퇴원한 후 버킷리 스트 중 하나가 요리 배우기다. 그래서 이번만큼은 내가 주도해서 마트 를 돌아다녔다. 예전 같으면 그냥 엄마가 샀겠지만 이번에는 나에게 결 정권이 있었고 엄마는 약간의 조언만 해주셨다. 오이, 깻잎, 콩나물, 김, 찌개용 전지 돈육, 우유, 휴지, 샴푸를 모두 내가 골랐다. 집에 와서도 내 가 산 물건들이라 내가 정리하고 싶었다. 냉장고에 차곡차곡 재료를 정 리해 넣었다. 엄마가 "살림 차려도 되겠네"라며 칭찬을 해주셨다.

▷ 지금부터는 요리에 관한 내용이다.

[요리의 기본]

손 씻기와 재료 씻기, 엄마는 설거지도 기본이라고 얘기했는데, 설거지를 하기 싫어서 그건 그냥 웃으며 넘겼다.

엄마와 함께 요리를!

[콩나물 볶음]

두 봉지의 콩나물을 큰 그릇에 넣고 물을 가득 채웠다. 콩나물의 머리 부분에 있는 껍질을 떼어내기 위해서다. 그러고 나서 채반 같은 그릇에 씻은 콩나물을 넣고 걸러낸다. 마지막으로 한 번 더 큰 그릇에 콩나물을 담근다. 칼 손잡이 부분으로 마늘을 빻기도 했다. 콩나물볶음을 할 예정이다. 콩나물을 볶아서 설탕, 소금, 고추장, 고춧가루 등 양념을 만드는 것은 엄마가 하셨다.

[카레]

1. 양파 껍질 까기 : 엄마가 큰 껍질을 까면 내가 속껍질을 깠다.

2. 재료 썰기 : 감자, 당근, 양파, 고기 등 썰기. 엄마의 시범을 보며 서툴지만 재료를 썰어보았다.

3. 카레가루 물에 넣고 저으면서 풀기

4. 감자, 당근, 양파, 고기 찌기

5. 삶아지거나 진 재료에 카레 물 합치기

▷ 카레가 되게 단순한 음식이어서 금방 끝날 줄 알았는데 생각보다 오래 걸리고 어려워서 놀랐다. 이번 한 번만으로도 지치고 허리도 아팠는데, 엄마는 그동안 어떻게 혼자서 다 하신 건지 새삼 놀랍고 감사했다. 엄마는 나와 함께 요리를 하니 너무 재밌다고 하셨다. 엄마와 나, 둘 다를 위해서라도 자주 해야겠다.

내가 한 음식이라 더 맛있게 느껴졌다.

8월 11일 일요일

▷ 오전 8시 반경이다. 7시경에 일어났다. 병원에서도 이쯤에 일어나 일기를 쓰거나 책을 읽으며 아침을 기다리고 있겠지. 오늘도 요리를 도왔다. 오늘은 깻잎을 씻고 돼지고기 볶는 걸 마무리하는 것뿐이었지만 몸살감기에 걸린 엄마가 차가운 물에 손을 넣지 않게 깻잎도 씻고 설거지도 했다. 엄마의 몸 상태를 여쭤보았다. 엄마는 괜찮다고 하셨다.

▷ 오늘이 그날이다. 펜션 가는 날. 여행 멤버는 나, 엄마, 오빠, 아빠, 큰이모, 작은이모다. 엄마가 생리에다 몸살감기에도 걸려 걱정이다. 엄마는 8시부터 11시까지 일을 마치고 동네 병원에 가서 약을 받아올 거라고 하셨다. 내가 걱정하니까 엄마는 "오랜만에 챙김을 받는 것 같다"라며 기뻐하셨다. 그동안 당신의 몸보다는 자식과 할머니 몸을 더 챙기셔야 했던 엄마가 안쓰럽고 죄송스러웠다.

▷ 오후 7시 반경이다. 태풍의 영향으로 강한 바람과 약한 비가 오는 상황에서 우리의 여정은 시작되었다. 2시 반경에 펜션에 도착했다. 최근에 영업을 시작한 곳이라 쾌적하고 깨끗했다. 회색 계열의 심플한 디자인에 넓은 거실과 테라스, 5성급 호텔에서나 볼 수 있는 넓고 깔끔한 욕실 그리고 두 개의 화장실. 모든 게 내 마음에 들었다. 모두 숙소가 좋다며 만족해했다. 3시경이 되자 슬슬 움직일 준비를 했다.

▷ 큰이모가 00축제에 가자고 하셨다. 의미 있는 축제 같았고, 기왕 여행을 온 이상 주변 구경이라도 해야 할 것 같아 그곳으로 향했다. 축제라고 하니까 체험 부스도 있고 먹거리도 있고 화려한 퍼포먼스도 있을 거라고 기대했다. 하지만 웬걸. 내가 간과하고 있었던 복병이 하나 있었다. 태풍! 체험 부스는 다 취소되어 휑하고, 먹거리 장터뿐이었다. 사람들도 별로 많지 않아 그냥 마을 행사 같았다. 분수도 준비하고 나름 애쓴 것 같은데 애석하게도 영 멋이 안 났다.

안쓰러운 마음으로 먹거리 장터의 한 자리를 차지했다. 해물전, 산채 비빔밥, 고기국수 두 그릇을 주문했다. 품질에 비해 너무 비쌌다. 실망과 분노(?)로 가득 차 있을 때 어떤 아저씨 한 분이 오셨다. 솔직히 무슨 말을 하는지 다 듣지도 않았고, 말을 너무 많이 해서 귀찮았는데 3만 원어치 전복 세트를 공짜로 주니 화가 스르르 녹았다. 작은이모는 "3만 원어치 들어주느라 힘들었다"라며 박장대소했다.

▷ 내일 아침 식사와 숙소에서 먹을거리를 사기 위해 마트에 들렀다. 내일 아침은 샌드위치다. 내일 아침도 요리 보조를 해야겠다.

▷ 축제를 마치고 숙소에 오는 길에 치킨을 먹었는데 배가 너무 불렀다. 하지만 다들 여행 온 김에 본전을 뽑겠다는 마음에서인지 카페까지 갔다. 경관이 아주 좋은 카페였다. 팥빙수와 아이스초코라테를 먹다가 간만에(?) 기분이 가라앉았다. 생각해보니 오늘은 감정 기복이 좀 있었던 것 같다. 마트에 갔을 때는 나이에 맞지 않게 뛰어다녔다. 감당을 못할 정도로 기분이 너~무 좋았다. 그러면서 한편 불쾌하기도 했다. (겪어 보지 못한 사람은 이런 감정에 공감하기 힘들 것이다.) 그리고 카페에서는 조금 가라앉았다. 다행히 기분은 금방 원래 상태로 돌아왔다. 그 정도의 기복은 내가 조절할 수 있을 것 같다.

▷ 드디어 숙소에 도착했다. 마치 귀부인이 된 것처럼 느끼게 해주는 욕실에서 씻고 나와 지금 일기를 쓰고 있다. 나를 위해 이런 대행사를 준비하고 이끌어주신 모든 분께 감사를 표한다. 하지만 배가 너무너무 불러 짜증이 난다.

▷ 오늘 아침엔 엄마가 일을 나가셔서 작은이모와 함께 김밥을 만들었다. 처음으로 지단을 만들고 당근을 볶고 준비된 재료들을 말아서 김밥을 만들었다. 처음에는 터지는 부분이 있었는데, 곧 감을 잡아 예쁘

261

게 말 수 있었다. 작은이모에게 칭찬도 받았다! 너무 맛있었고 모두 잘 먹어주니 뿌듯했다. 하지만 한편으로는 김밥이 너무 빨리 사라져서 허무하기도 했다. 요리하는 데는 한 시간 반이 걸렸는데, 먹는 건 20분 만에 끝났다.

▷ 밤 9시 반경이다. 기대치 못한 즐거움이 펜션 밑의 카페에서 생겼다. (펜션은 사촌오빠의 친구와 음악 코치가 운영하는 곳이었다. 그래서 펜션 밑의 카페는 음악 카페였다.) 사촌오빠의 친구와 코치님(사장님)까지 더해져 8명이 카페에서 과자와 술을 먹으며 왁자지껄 떠들어댔다. 한참을 떠들다가 사촌오빠의 친구가 드럼을 치고 사장님은 기타를 치면서 주점 분위기가 되었다. 이른바 '가족 주점'이 열린 것이다.

우리 오빠를 보컬로 해서 '걱정 말아요, 그대'를 공연했다. 원래 오빠는 이 노래를 엄청 잘 부르는데, 너무 긴장해서 그런지 본 실력의 3분의 1도 나오지 못해 너무 아쉬웠다. 사장님은 오빠에게 입을 크게 벌리고 비음 내는 걸 두려워하지 말라고 조언해주셨다.

▷ 오빠는 '가시'라는 노래도 불렀다. 그룹 '버즈'의 민경훈이 부른 명곡이다. 이번에도 본 실력이 나오지 않았다. 그래도 사장님은 꽤 흡족한 표정을 보이셨다. 큰이모는 무슨 노래를 불렀는지 모르겠지만 새로운 음을 창작하신 것은 분명하다.^^ 작은이모는 성시경의 '거리에서'를 부르셨는데, 박자를 아주 잘 무시하신 것 (사장님이 이렇게 말씀하셨다)

빼고는 음정이 꽤 괜찮았다고 한다. 엄마는 '광야에서'를 부르셨고, 보통이었다. 숨은 고수는 바로 아빠였다. 마지막 피날레를 장식할 공연으로 '어쩌다 마주친 그대'와 '가버린 친구에게 바침'이라는 노래를 연달아 부르셨다. 온몸으로 박자를 타면서 고음도 자연스럽게 소화를 했다. 나는 의외라는 눈빛으로 웃었는데, 엄마는 연애 때의 감성이 떠오르셨는지 눈에서 하트가 날아가는 것 같았다. 멤버 중 나만 노래를 부르지 않았다. 자신이 없었다. 지금 생각하면 그냥 나가서 흥이나 풀고 올 걸 그랬다. 사장님과 사촌오빠의 친구도 노래를 불렀다. 의외의 곳에서 의외의 재미를 느끼며 기분을 풀고 힐링도 했다. 예상치 못한 곳에서의 뜻깊은 발견과 인연. 이게 바로 여행의 묘미가 아닐까.

제 10 장

2019년 8월 셋째 주
드디어 병원 밖으로

8월 12일 월요일

▷ 저녁 8시경이다. 병원에 돌아오니 집만큼, 아니 집보다 편하다. (내가 있는 병실은 웬만한 게스트하우스만 하다.) 시원섭섭하다는 말이 이런 경우에 쓰는 거구나. 내일 아침 11시 반이면 장장 두 달가량의 여정이 마무리된다. 느낀 점이나 감정들은 당일인 내일 말하기로 하고, 오늘 하루에 집중해서 일기를 써보려 한다.

▷ 어제는 펜션에서 오전 7시 15분경에 기상했다. 엄마와 작은이모는 이야기꽃을 피우시며 요리를 하고 계셨다. 아침 메뉴는 샌드위치. 나는 요리 초보답게 준비된 재료를 빵에 올려 샌드위치 모양을 만들기만 했다. 어제 너무 많이 먹어서 속이 더부룩했지만 여행을 온 김에 많이 먹고 싶어서 샌드위치를 두 개나 먹었다. 간만에 치즈와 잼을 먹으니 너무 맛있었다.

아침을 먹고 10시 50분쯤에 잠깐 낮잠을 잤다. 엄마는 그사이에 주치의 선생님과 통화를 하셨다. 내일 퇴원해도 된다는 내용이었다! 수요일쯤 퇴원을 할 수 있을 거라고 확신을 했지만, 당장 내일이라고 해서 놀랐다.

놀란 마음을 일단 가라앉히고 몇 달 만에 친구들을 보기 위해 학교로 향했다. 점심시간에 맞춰 교실로 들어갔다. 종이 치자 친구들이 "다 올!"이라며 나를 둘러쌌다. 정말 많은 친구들이 반겨줘서 고마웠다. 점심을 먹고 담임선생님을 잠깐 뵌 다음 교실에서 친구들과 수다를 떨었다. 친구들이 내 상처를 보고 물어봐서 그동안 있었던 일을 짧게 이야기해줬다. 친구들은 안타까워했다. 한 친구는 눈물을 글썽였다.

▷ 병이 아직 낫지 않았는지, 점심식사를 하는 것만으로도 힘들었다. 학교라는 건물 안에 있는 것 자체가 너무 힘들었다. 숨이 막혔고 기분이 가라앉았다. 학교에서 나와서도 후유증을 느낄 만큼.

▷ 12시 50분에 학교에서 나왔다. 작은이모를 공항까지 바래다드리고 집으로 돌아와 놀다가 병원에 왔다. 병원에 오는 게 솔직히 설레었다. 하지만 이제는 이별 준비를 해야지.

8월 13일 화요일
(D-DAY!)

▷ 오전 8시경이다. 오늘이다. 병원에서의 여정이 끝나는 날. 어젯밤에는 그동안 병동에서 있었던 일들을 되짚어보다가 스르르 잠이 들었다. 7시 반경, 느지막히 일어나 아침을 먹고, 투약도 하고 마지막으로 병실 침대에 앉아 일기를 쓰고 있다. 어제는 유진이가 너무 비몽사몽한 상태여서 오늘 아침에야 퇴원 소식을 전했다. 유진이는 매우 놀랐다. 하긴, 나도 어제야 연락을 받아 놀랐는데, 내게 의지를 많이 하던 유진이는 얼마나 놀랐을까. 지금 기분은⋯ 잘 모르겠다. 퇴원한다는 아쉬움이 설렘보다 조금 더 큰 것 같다. 그동안 도윤이 삼촌에게 편지 답장을 쓰라고 재촉했는데, 그걸 오늘 받았다. 집에 가서 읽어봐야겠다. 아직 퇴원까지 세 시간 반이 남았으니 천천히 병동 식구들이랑 인사를 나누며 퇴원 준비를 해야겠다.

▷ 밤 9시 15분경이다. 퇴원을 했다. 다시 일상생활로 돌아와 지내게 될 내 방이 쓰레기통과 다름이 없었기에 책상 정리부터 했다. 공부는 진작에 때려치웠어도 명색이 고3 수험생이 아닌가. 인생은 아무도 모른다. 내가 다시 수능을 볼지 누가 알겠는가. 그것이 나를 그토록 괴롭혔던 문제집들을 버리지 못한 이유다. 대신 제일 손에 닿지 않는 곳에 놓았다.

원래 애용하던 공간에는 병실에서 읽었던 혹은 읽다가 포기했던 책들을 놓았다. 12권이다. 병원에서의 긴 시간을 날로 먹은 건(표현이 천박한 것은 나도 안다) 아니라는 생각이 들어 뿌듯했다. 정리하는데 한 시간 반 정도 걸렸다.

하필 아파트가 단수라 삼다수로 샤워를 하고 오랜만에 책상에 앉아 일기를 쓴다. 퇴원 기념으로 아빠 카드로 외식을 하고, 책상을 정리하고 보니 정말 퇴원을 했다는 게 실감이 난다. 병동에 있는 동안은 어쩔 수 없이 '요망지게' 지내야 했다. 청소년 중에선 내가 최고령자여서 동생들 얘기도 들어주고, 기분이 안 좋으면 기분도 풀어주고, 힘들어하면 옆에 있어주면서 나름대로 동생들을 잘 챙겨줬던 것 같다. 퇴원하려고 문을 열기 직전에 하윤이, 민준이, 유진이가 일렬로 서서 나한테 인사를 했다. 동생들에게 사랑을 받은 것 같아 고마웠다.

▷ 정우 쌤이 약속을 지켰다. 오늘 오전 근무였는데, 첫사랑 얘기를 해줬다. (정우 쌤의 약속은 오늘 오전 근무시간에 첫사랑 얘기를 해주는 것이었다.) 설레기는 했지만 별다르게 큰 임팩트는 없었다. 오늘 보호

269

사 쌤은 내가 가장 좋아했던 민성 쌤과 서준 쌤이었다. 내가 아침에 일어났을 때 민성 쌤이 우리 병실과 가까운 물품 보관함으로 가고 있었다. 나와 눈이 마주치니까 "와, 다올이다!"라고 반겨주셨다. 그동안 나누지 못했던 간단한 대화들을 나누었다.

▷ 차모임도 있었다. 수간호사 쌤께서 차 모임 때 "오늘은 다올양이 퇴원하는 날입니다. 박수 쳐주세요!"라며 나의 퇴원을 '공식적'으로 축하해주셨다. 유진이는 롤링 페이퍼를 돌리느라 바빴다. 착한 녀석.^^

▷ 제일 아쉬운 것은 역시 주치의 선생님인 민수 쌤과의 이별이다. 하지만 언제까지 병원에 있을 수만은 없고, 언젠가는 잊어야 한다. 마음을 굳게 먹고 한때 선생님을 좋아했다는 추억으로 남기기 위해 노력해야겠다. 민수 쌤은 나를 마지막으로 면담실로 데려가 여러 가지를 물어보셨다. 감정 기복 여부, 퇴원 후 계획 (고양이랑 놀겠다고 하니까 이름이 뭐냐고 물어보셨다. '냥냥이'라고 대답하니 "귀엽게 지었네요"라며 웃으셨다) 등을 얘기했다. 면담이 끝난 후 선생님께 잠깐만 기다리라고 하고 병실에서 편지를 들고 와 수줍게 웃으며 드렸다. 선생님은 웃으시며 "고마워요"라고 하셨다. 이게 내가 좋아했던 민수 쌤과의 마지막 대화다. 이젠 정말로 끝이다.

▷ 아니다. 나는 이제야 시작이다. 크게 앞장서려는 욕심도 부리지

말고, 나 자신이 취약한 점이 뭔지 알았으니 앞으로 조심하고 절대 조급해지지 말아야지!

Epilogue

병원에서 지내면서 참 다양한 사람들을 만났다. 한부모 가정인데, 돌아가신 아버님이 바람을 피웠다는 사실을 혼자 알고 있는 준이. 아버지가 교수이자 세계적인 대회에서 인정을 받은 분인데도 가족들에게 사랑을 받지 못한다고 느끼고 결국은 자신의 분노를 참지 못하는 민준이. 복잡한 사정의 유진이. 모자가 차례로 입원한 승민이와 그의 어머니인 고다은 이모. 열한 살의 어린 나이에 분노조절 장애로 입원했지만, 부모님을 떠나서도 나름대로 씩씩하게 지냈던 민철이. 누군가에 의해 도청당하고 있다고 느끼는 채원이 언니. 가정 폭력과 성폭력을 겪었던, 약간의 지적 장애를 가진 해은이 언니. 나와 같은 학교 같은 학년으로 공황장애를 겪으면서 나와 같은 상황이 된 소연이.

병동이 아니었으면 이들을 만나 대화를 나눌 수 있는 기회가 없었을 것이다. 처음에는 폐쇄병동을 정신병원으로 생각하고 내가 왜 여기에 입원했는지 부정적으로만 생각했지만, 함께 고민을 털어놓고 아픔을 공유하면서 그들도 나와 크게 다르지 않다는 것을 느꼈다. 나는 고민을 들어주는 쪽에 속했지만, 같은 청소년으로서 동생들에게 많이 의지했던 것 같다. 다양한 이야기를 가지고 있는 그들과 함께 보낸 시간을 나는 절대 잊지 못할 것이다.

병동에서는 사람의 본능이 적나라하게 드러나는 것 같다. 나를 포함한 많은 환자들이 자해와 자살 시도 등을 하면서 생존의 위협을 겪는다. 그러면서 여성과 남성의 구분이 사라진다. 남자 간호사 선생님이 아무렇지 않게 여자 화장실에 와서 여자 환자들을 데리고 가고, 엉덩이가 보이도록 바지를 내려 입은 지현이에게 아무렇지도 않게 바지를 입으라고 충고한다. 여자 환자 엉덩이에 아무렇지도 않게 주사를 놓는 남자 쌤들, 속옷만 입고 아무렇지 않게 누워 있는 환자들.

갇힌 곳에서 제한적으로 단체생활을 하는 환자들과 그들을 바라보는 간호사 선생님들과 주치의 선생님들의 갈등도 빠트릴 수 없다. 마음의 병을 앓고 있는 사람들이 서로 다른 성향 때문에 싸우면서 각자의 의견을 굽히지 않았다.

한창 2차성징을 겪고 있는 청소년들의 성욕도 무시할 수 없었다. 준이는 심지어 화장실에서 자위를 했고, 나를 통해 성에 대한 궁금증을 해소하려고 했다. 처음에는 당황스러웠으나 지금은 그 아이를 이해하려고 한다. 그리고 남자아이의 성적 호기심을 직접 겪은 상황 것으로 기

273

억에 남긴다.

날짜상의 오차가 없었다면 56일, 정확히 두 달이 된다. 일기를 다 베껴쓰고 편집하는데 꼬박 약 다섯 달이 걸렸다. 그리고 책으로 내기까지는 또 1년여의 긴 시간이 필요했다. 그럼에도 나는 이 의미 있고 특별한 추억을 꼭 공유하고 싶었다. 내가 정말 좋아하는 이들과 함께. 일기를 베껴 쓰면서 내가 사용했던 투박하고 솔직한 문체에 나도 매우 놀랐다. 독자 중 이에 부담스러움을 느낀다면 사과한다. 하지만 병동에서 겪은 일화와 내 어린 생각들이 진솔하게 전해졌으면 하는 바람이다. 길고 긴 내 글을 읽어준 분들에게 감사를 표한다.

* 이제는 자해에 대한 생각은 거의 나지 않는다.

** 10월 14일. 나는 개방 병동으로 재입원을 하게 된다. 또 새로운 여정이 시작된다.

*** 재입원을 해서 다시 만난 유진이는 웃음을 되찾았다.

엄마의 응원

느닷없이 찾아온 불청객 '조울' 때문에 고생하는 다올이를 보면서 처음엔 당황스러움에 서로가 갈팡질팡했다. 그리고 휘몰아치는 핵폭풍에 떨면서 그저 울음으로밖에 표현할 수 없었던 시간들이었단다.

근 두 달 동안 폐쇄병동에서 오롯이 홀로 고독과 아픔을 견뎌낸 걸 생각하면 마음이 아프지만, 여기까지 헤치고 나온 다올이에게 뜨거운 박수를 보낸다.

앞으로도 어떻게 다가올지 모르는 조울이어서 힘들지?

그래도 힘듦에 매몰되지 말고 순간순간을 즐겁게, 다올이의 삶을 행복이란 단어로 채워나가길 바라며 항상 기도할게.

다올이가 힘에 부칠 때면 언제든지 손잡아주고, 눈물이 날 때면 언제든지 닦아주고, 넘어질 때면 언제든지 일으켜 줄 수 있는 그런 가족으로 늘 지지하고 응원할게.

다시 한번 지금까지 잘 견뎌준 우리 딸 다올이에게 고마운 마음을
전하며….

예쁜 공주님, 사랑해~